T0166003

Todas nuestras
maldiciones se cumplieron

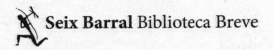 **Seix Barral** Biblioteca Breve

Tamara Tenenbaum
Todas nuestras
maldiciones se cumplieron

Obra editada en colaboración con Editorial Planeta – España

© 2021, Tamara Tenenbaum
c/o Indent Literary Agency
www.indentagency.com

© 2021, Grupo Editorial Planeta S.A.I.C. – Buenos Aires, Argentina

Derechos reservados

© 2022, Editorial Planeta Mexicana, S.A. de C.V.
Bajo el sello editorial SEIX BARRAL M.R.
Avenida Presidente Masarik núm. 111,
Piso 2, Polanco V Sección, Miguel Hidalgo
C.P. 11560, Ciudad de México
www.planetadelibros.com.mx

Primera edición impresa en España: enero de 2022
ISBN: 978-84-322-3952-6

Primera edición impresa en México: julio de 2022
ISBN: 978-607-07-8899-4

Impreso en los talleres de Impresora Tauro, S.A. de C.V.
Av. Año de Juárez 343, colonia Granjas San Antonio, Ciudad de México
Impreso en México –*Printed in Mexico*

EL MAR NO SE LE DESEA A NADIE

La única vez que mi mamá vio un piojo nacer fue sobre mi cabeza. Eso cuenta siempre cuando trata de explicar que todos los nenes tienen piojos pero lo mío era de otro planeta. En mi casa éramos tres nenas y mi mamá es pediatra: ha visto su buena cantidad de cabezas colonizadas. Pero solo en la mía, dice, pudo presenciar un nacimiento.

Sacarnos los piojos a mí y a mis hermanas fue de las pocas tareas que mi mamá jamás delegó ni en las empleadas, ni en mi tía, ni en mis abuelos. Algunas madres les cuentan cuentos a sus hijos todas las noches, o piensan que cocinarles es sagrado, pero no tiene que ver con eso: hace más de veinte años, desde que se murió mi papá, que mi mamá no tiene tiempo para asuntos sagrados. Nos despiojaba personalmente porque cree —igual que yo— que la única manera de asegurarte de que algo se haga bien es hacerlo una misma. Quizás nuestra religión verdadera sea esa, la mía y la de ella. Todas las demás cosas podían hacerse un poco mal —mamá no es una obsesiva— pero lo de los piojos tenía que hacerse bien, especialmente conmigo.

La noche de la que hablo yo tenía once años, mamá treinta y cinco, y no era tan de noche, debían de ser las siete. Estábamos en nuestra posición de fumigación crucero: yo en la bañadera, desnuda, sentada en medio de un charco de agua tibia y arabescos de jabón. Ella, en una sillita de madera, estratégicamente ubicada para pasarme el peine y descargarlo en la bacha sin tener que levantarse. La casa entera olía a la mezcla de crema de enjuague y vinagre de manzana con la que mi mamá aspiraba a aflojar las liendres que yo tenía pegadas en cada centímetro de pelo disponible. La casa entera, pero ella no: tenía puesto un perfume floral, alcohólico, fuerte y femenino, de esos que impregnan los ascensores. También tenía tacos, medibachas transparentes que le levantaban la cola y le alisaban las piernas, los labios pintados de rojo y una pollera lápiz blanca. Arriba, nada: solo un corpiño color piel y el pelo a medio secar. Ya me había sacado los piojos más grandes (los piojos vaca, decía ella, los que se te ven de lejos) y estaba dedicándose a los chiquitos y a las liendres, la parte más delicada del trabajo. Delicada porque es difícil pero también porque es artesanal, porque requiere otra fineza de los dedos: hacer pinza con las uñas (las madres tienen que llevarlas largas, como los guitarristas) y lograr que no se caigan de nuevo en la cabeza mientras los levantás. Entonces sonó el teléfono de línea.

—¿Aló? Sí, creo que llego. Ay, ¿en serio? Bueno, dale, si se hace tarde te aviso y nos encontramos ahí pero dale, si querés pasame a buscar, tocá el portero dos veces que no anda, no me vas a escuchar contestarte pero yo bajo.

Aproveché su ausencia para meterme entera en la bañadera, la cabeza y el cuerpo. Lo más importante era meter las orejas y no escuchar nada salvo el sonido del agua contra los tímpanos y los ruidos del mundo a través de ese colchón. Estar en el baño era estar sola y estar en el agua era estar sola en serio. Metí un poco más la cabeza y me picó ese frío en el paladar que se siente cuando te entra agua en la nariz. El mar no se le desea a nadie, me acordé. Eso había entendido medio dormida a la mañana temprano, cuando escuché a mi tía hablándole a mi hermana, mientras íbamos para el colegio. Pensé que hablaban de naufragios. Pero seguí escuchando y entendí que mi tía hablaba del mal, no del mar: es el mal lo que no se le desea a nadie. Por eso las maldiciones en idish siempre vienen mezcladas en una cosa linda, decía mi tía, aunque a veces suene confuso: «que entre la bendición de Dios en su paquetito de desgracias», por ejemplo, o «que sea rico, muy rico, el único rico de toda la familia». Claro, como la de «que tengas una vida interesante», dije yo; pero mi tía me dijo que esa no es en idish, que esa es una maldición china, aunque se parezca a las que vienen del idish. Escuché pasos y traté de sacar la cabeza a tiempo.

Mamá estaba en otra, me di cuenta porque cuando volvió no me retó por haberme enjuagado el pelo en el agua de los piojos. Sin bajarse de los tacos empezó a pasarme el peine más apurada, más a lo bruto, tirando de los nudos sin cariño ni paciencia. Yo odiaba que me sacaran los piojos porque en serio me dolía: me rascaba mucho la cabeza y me quedaba el cuero cabelludo lleno de cascaritas, que el peine de mamá arrastraba a su paso. Mi disidencia pacífica se transformó en guerra abierta. Vos me querés arruinar la vida, me querés hacer la vida miserable, ma. Yo voy al colegio todo el día y cuando vengo quiero que me dejen en paz, quiero estar sola para hablar sola y contarme las cosas que me pasaron en el día y así poder sacarlas y guardarlas cada vez que tenga ganas pero me tengo que encerrar a gritar de dolor en una bañadera de vinagre. Vos me odiás, ma, vos me odiás y yo te odio.

—Mirá, Tamara —me dijo mirándome a los ojos, con los suyos precisos, clavados en mis pupilas—. Yo me tengo que ir pero no me voy a ir de acá hasta no haberte sacado el último bicho de la cabeza. ¿Me oís?

—Pero andate si te tenés que ir, mejor para todos, qué me importa.

—¿No te da asco? ¿No te pica?

—No. No me importa.

Estaba diciendo la verdad; no me daban asco los piojos entonces ni me dan asco ahora. Nunca me los comí pero una vez me puse uno entre los dientes, después de haber visto cómo una mamá mona lo hacía con los piojos de su hijo monito en Discovery Channel; quería saber qué se sentía. Algo se siente: los piojos tienen una cosa durita, un caparazón o un esqueleto, que hace crack cuando apretás. Para ese tipo de investigaciones era que yo quería estar sola, era imprescindible. Mamá me tiró del pelo con la mano, del pelo entero, para sostenerme la cabeza hacia atrás.

—Bueno, a mí sí me importa. Te vas a quedar quieta y vas a dejarme sacártelos.

Volvió a embestir fuerte sobre mi cabeza con la técnica característica de mamá: la reconocería si alguien me pasara un peine fino a ciegas. Incrustó el peine con firmeza en el cuero cabelludo y lo arrastró un centímetro entero antes de levantarlo y hacerlo atravesar el pelo. Pero entonces no soporté el dolor y me aparté. No solo me aparté: me paré, salí de la bañadera y empecé a correr, enjabonada y desnuda.

Mamá salió a buscarme con el mismo ímpetu: cuando miré para atrás y la vi tenía los ojos tan abiertos que me pareció que se habían separado y que cada uno quedaba a un costado de la cabeza, como los ojos fosforescentes de un camaleón.

Nuestra casa era chica pero tenía doble circulación: si ibas del pasillo al cuarto de mamá y de ahí a la cocina y de ahí al living y de ahí al pasillo de nuevo podías seguir corriendo más o menos infinitamente. A cada sacudida mi pelo largaba un chorro de crema y vinagre, que mi mamá esquivaba mientras me gritaba que estaba loca, que me iba a caer y me iba a desnucar y que íbamos a terminar en el Otamendi. Mis hermanas se habían encerrado en su cuarto, fuera de nuestra pista circular, decididas a ser neutrales en la batalla de las burbujas agrias. El sonido de mis pies empapados contra la madera al saltar parecía ruido de besos amplificado; el de los tacos de mi mamá era distinto, más chiquitito, más agudo y más ofensivo. Se intercalaban otros ruidos cada tanto: codos contra despensas, biromes y juguetes y vasos de plástico que pateábamos en el piso, respiraciones cortadas, agarradas desesperadas de paredes cuando alguna se estaba por caer. En un momento escuché algo más fuerte y desordenado: mamá había tirado un reloj de pared que se hizo añicos en el piso, tuerquitas y tornillos, más que añicos. La casa se había llenado de charcos de agua que yo dejaba a mi paso y que mi mamá distribuía por el piso al correrme. Días después podríamos rastrear nuestra persecución con precisión milimétrica a través de los pedazos de parquet que se habían levantado y que no cambiaríamos jamás.

Finalmente quedamos las dos en el living, enfrentadas, mirándonos como dos cowboys, cada una de un lado del sillón grande, amagando para qué lado seguir. La impunidad de ser hija me daba una ventaja inevitable a la hora de la violencia. Tomé uno de los almohadones y se lo tiré en la cara, más para distraerla que para lastimarla: mamá se agachó para esquivarlo y terminé pateando unos candelabros viejos de bronce de mentira que usábamos cuando prendíamos velas de shabat. Eran irrompibles, descubrimos con los años, como suele pasar con las cosas feas, pero el ruido la distrajo un segundo (otra ventaja de ser hija: una desidia absoluta por todo lo que podía ensuciarse, romperse o morir). Aproveché para huir a la cocina, pero en eso escuché un sonido seco e inmediatamente un grito de dolor. No puedo creer que no fuera a buscarla pero recuerdo perfectamente que no, no fui: me quedé quieta esperando que lo que había pasado se solucionara solo, como siempre. Pasaron unos segundos hasta que mamá entró a buscarme a la cocina, rengueando: se había quebrado el taco del zapato y se agarraba fuerte el tobillo. Su culpa, pensé, por andar corriendo con zapatos.

—Estás completamente enferma, Tamara. ¿Qué vas a hacer cuando seas grande? ¿Sabés qué vas a hacer? Vas a tener piojos toda la vida, Tamara. Les vas a pasar piojos a tus novios.

—Y vos no te vas a casar nunca, con esos zapatos horribles y esa pollera de vieja.

Los ojos de mamá ya me parecían estar a la altura de sus orejas. Se me acercaba, desquiciada, con el zapato roto en la mano. ¿Me iba a clavar el taco en la cara? ¿Sería capaz?

—A ver quién me va a explicar lo que está pasando en esta casa. Ruti o Tami, la que quiera.

Ahí estábamos las tres, en línea, como si estuviéramos en la escuela y una maestra nos hubiera ordenado formarnos por generación: mi mamá en el medio, de un lado yo y del otro mi abuela, que nos observaba desde hacía quién sabe cuánto. Mi abuela gloriosa, con su pelo teñido de negro azabache, con su pollera a cuadros, su blusa de encaje y sus llantas, unas llantas increíbles de villero con plata. Tenía los anteojos colgados de la cadenita, así que sus ojos nos perforaban sin barreras por encima de su nariz operada pero irrevocablemente judía, su nariz sin arreglo.

—¿Vos no ibas a salir, Ru?

—Sí, pero se me hizo tarde. Además se me rompió el zapato.

Reconocí la mirada de mamá, pero ella nunca me había mirado así, la había visto en otro lado. Así me miraban mis hermanas cuando alguien nos encontraba jugando a la peluquería o quemando las cabezas de las muñecas.

—Qué va a ser tarde. Dejame ver eso. —Mi abuela agarró el zapato y se puso los lentes—. Pero esto no está roto, es solo la suelita de goma. Lo pego ahora con la gotita y salís.

Mis hermanas escucharon silencio y salieron del cuarto. Debi miró para abajo: se había mojado las medias con el agua que había en el living. Mi abuela, mientras tanto, pegaba el zapato, encolando la parte rota del taco con un pincel embadurnado en poxi-ran. De mi presencia parecían haberse olvidado las dos, ella y mamá.

—Pero vos terminá de vestirte mientras tanto, Ru. Ponele ritmo. Yo ya termino. Dale.

Mamá trató de ponerse el zapato recién pegado. Parecía una Cenicienta borracha. Mi abuela la miró y le hizo una caída de ojos.

—Hay que dejarlo secar, Ruti, no lo vas a poder usar ahora: ponete otra cosa mientras que mañana va a estar como nuevo. No vuelvas muy tarde. Chicas, ¿quieren ver una película?

Mientras Debi y Mijal se peleaban por si habíamos visto más veces *Mary Poppins* o *La Bella y la Bestia*, mi abuela me buscó una bombacha y una toalla. Me dijo que fuera a ponerme el pijama pero yo estaba cansada y me costaba obedecer instrucciones. A mi mamá no, ella marchó como un soldado a elegir un par de tacos nuevos, sin hacer preguntas ni quejarse. Le envidié la obediencia, lo fácil que le resultaba hacer las cosas que el mundo necesitaba que ella hiciera. En ese momento pensé que quizás de grande sería como ella, flexible y maleable, como el agua que toma la forma que haya que tomar para entrar en el espacio que le toca, pero no se me dio, al menos no todavía.

Escuché el ruido de frascos que se tapaban y se destapaban, el clic-clic de un lápiz de labios que se abría, el ch-ch-ch del dosificador del perfume que ya se había puesto antes. Estuve a punto de decirle que ya tenía suficiente, que nos iba a matar a todos de asfixia, pero no lo hice, en un gesto que me molestó que quedara solo para mí.

Todas nuestras maldiciones se cumplieron: tuve piojos hasta muy grande y todavía me los agarro cada vez que comparto ascensor con un chico de primaria o duermo en un hostel. Se los pasé a todos mis novios, y a los no-novios también. Mamá nunca se casó. En nuestro paquetito de desgracias entró la bendición de Dios: hace poco cobramos la indemnización por el atentado a la AMIA, en el que murió mi papá. Mamá, mis hermanas y yo somos ricas. Las únicas ricas de toda la familia.

QUÉ ES UNA FAMILIA

Tuve que tirar el lavarropas porque tenía ropa po-
drida adentro y se había roto. Toda la casa olía raro, así
que recién el tercer día que fuimos a vaciarla identifi-
camos de dónde venía ese olor específico, penetrante
y preciso como un golpe en la nuca. Lo demás era olor
a humedad pero no a podrido sino a papel, a papel
guardado: recortes de diarios y revistas, fotos, libros,
cuadernos. No pude reconocer la ropa de mis abuelos
que se había perdido, un revuelto de fibra asquerosa.
Mi mamá fue la que se animó a meter la mano con
guantes de goma y sacarla para ver si el lavarropas
tenía salvación, pero ya era tarde, hacía años era tarde. No quiso arrancar, así que lo dejamos en la vereda.
Alguno se habrá llevado el chasco; o quizás tuvo la
paciencia de mandarlo a arreglar y le anduvo.

El departamento al que me fui a vivir sola por
primera vez era de mis abuelos, que están vivos. Hace
diez años más o menos se mudaron a pocas cuadras.

Durante mucho tiempo pensé que habían vendido el departamento de Corrientes, pero no; estaba ahí, completamente armado, y no solo armado, abandonado con todo adentro, como si los hubieran secuestrado. Las camas hechas, los cajones llenos de recuerdos de gente que vivió, viajó y tuvo amigos. Las repisas (mi abuela no tenía tocador) cubiertas de frascos de perfume o de cremas a medio terminar, como si alguien pudiera venir a usarlas en cualquier momento. Lo único que faltaba era la mesa puesta: eso ya hubiera sido de película de terror. Supongo que hay gente a la que la mesa puesta le hace pensar en una familia. Yo no pongo la mesa sin los comensales sentados. Me hace pensar en gente muerta.

Después, como me compré el departamento de Aráoz, Corrientes quedó vacío y ahí se fue mi tía a vivir, ya hace como cinco meses. La semana pasada fui a buscar unas cosas que me había olvidado de traer el día de la mudanza. La luz del baño, que estaba rota cuando nos fuimos, sigue rota; el velador que habíamos dejado apoyado en el bidet para iluminar sigue ahí también. Me dio vergüenza llevármelo y dejarla sin alternativas de iluminación pero ella no le dio la menor importancia. «¿Querés Coca o Seven up frías?», me preguntó. «El agua está natural. Todavía no enchufé la heladera. Me di cuenta de que este departamento está lleno de cucarachas, así que, viste, decidí tomar una medida drástica: hasta que no se vayan, no voy a tener comida en la casa.»

Nos volvimos caminando por Corrientes y yo doblé para comprar una ensalada. Quedamos en que uno de estos días Grinner me trae a mi departamento nuevo la plata que nos debe de la seña. Al ratito me escribió para coordinar eso y me puso también: «UN LUJO TRATAR CON VOS Y TU MAMÁ Y HOY CONOCÍ A TU PAPÁ!!!!!!!!». Analicé el mensaje un rato largo: es un texto extraño, más allá de la sintaxis de viejo con whatsapp. Supongo que Ezequiel no le cayó tan bien, porque si no, no hacía falta eso de «y hoy conocí a tu papá». Podía haber dicho «un lujo tratar con vos y tus padres», o mejor, «un lujo tratar con vos y tu familia». O quizás, no sé, solo era un exceso de literalidad.

Con Ezequiel no trató antes porque de hecho él no tiene nada que ver. Durante muchos años la gente confundió a Ezequiel con mi papá, pero ya hace más de una década que no me pasa. No aclaraba nada en ese momento y tampoco lo voy a hacer ahora. Me llamó un poco la atención, igual: la sentencia del juicio de AMIA estaba ahí, con el nombre de mi papá, el mío y el de mi mamá bien claritos, para dar fe del origen lícito del dinero de la transacción. Se ve que no prestó demasiada atención a esa parte.

Llegué a casa y transcribí el discurso del escribano antes de olvidarlo.

«Al día 13 de septiembre de 2016 los contratantes, Tamara Yael Tenenbaum, DNI 34434954, y Diana Ramírez, DNI 16220219, afirman que han leído y constatado el presente contrato, siendo Tamara Yael Tenenbaum comprador y Diana Ramírez, vendedor. Ambas partes afirman de buena fe no tener impedimentos para contratar ni sentencias de incapacidad. El origen del dinero del comprador se halla suficientemente probado por la sentencia judicial de la que disponemos de una copia. El número de referencia por el que se hace la transacción es de 100 mil dólares estadounidenses. Sin más, procedemos a la firma de las partes.»

Hay una especie de ceremonia. El escribano lee (lee nuestros datos, pero improvisa este texto redundante y al borde de la incorrección gramatical flagrante) parado en la cabecera. Todos los demás (Diana, su marido, su hijo, mi mamá, Ezequiel, el tipo de la inmobiliaria y yo) estamos sentados. Así hacen kidush los turcos: el padre parado, todos los demás sentados.

En mi familia nos parábamos todos. El kidush es nuestra bendición del vino, la que los judíos hacemos todos los viernes y en las festividades. La ceremonia con la que empezamos y terminamos todos los días importantes.

No sé para dónde mirar ni qué cara poner. Lo más parecido que conozco a esto que está pasando (además del kidush, al que solo se parece en la disposición de los cuerpos alrededor de la mesa) son los casamientos por civil, y en esas ocasiones, cuando el juez lee, la gente se ríe y se emociona. Pero mi mamá está muy tensa, así que yo miro para abajo y pongo cara de que algo irremediable, más que algo malo, algo irremediable está sucediendo. El escribano Recanatti parece, él sí, un juez de casamiento; se vino con un traje lindo, que le queda bien, y trata de ponerle onda al momento sabiendo que para nosotros debe de ser importante, aunque es evidente que él hace esto todos los días y ya un poco no le encuentra la gracia. No presté atención a las caras de los dueños. Una hora después, cuando nos vayamos y yo comente que no sabía de este ritual, Ezequiel contestará: «¿Y qué es un escribano? Un tipo con dos ojos y dos orejas que da fe». Nunca estoy de acuerdo con él, salvo cuando sale con estas poesías involuntarias.

Estamos en una oficina anodina en algún lugar de Villa Crespo. Alfombras de poliéster que cubren mitades de paredes, durlock, floreros vacíos, ventanas que dan a pulmones de manzana, trajes que caen raro, con corbata pero sin saco, colores apagados, grises con algo de azul o de morado. Secretarias no hay, salvo por la recepcionista. Oficinas individuales, tampoco; todas son salas de reunión u oficinas compartidas. En la que estamos nosotros hay una computadora vieja, que dudo que funcione, con todos sus cables y enchufes colgando como los bracitos de un bicho que podría aparecer en una paella. También hay un falso Miró de cartulina enmarcado que dice «Miró» en el medio del cuadro, o no en el medio, como en la mitad inferior derecha, en unas letras tipo Times New Roman gigantes. Nada está manchado ni sucio; casi sería más digno que esa limpieza que no reluce. Es una *consultora* que no sé qué compra ni qué vende. Todas las puertas tienen mezuzot, esos palitos que los judíos ponemos en las puertas: me da bronca, me da confianza y me da bronca que me dé confianza. Mi mamá quería hacer la compra en una salita que nos prestaban en una sucursal del Banco Nación, pero Grinner, el tipo de la inmobiliaria, le dijo que lo descartara: el lugar lo pone el vendedor, así como el escribano lo pone el comprador. Esos son los usos y costumbres. Esto último lo dijo él, no lo digo yo. Eligieron este lugar porque acá mismo van a comprar otro departamento. Como todas las transacciones inmobiliarias en la Argentina, esta se hizo en efectivo, y así se ahorran el engorro impositivo de mover la plata (aunque no el pánico, claro, de llevarla y traerla, por eso mi mamá está tan nerviosa).

Mamá está abrigadísima a pesar de que es septiembre y ya no hace frío. La plata se la trajo toda adherida al cuerpo, en bolsitos y bolsillos, y por eso se cubrió con una remera, una camisa, un sweater y una campera. Cuando se saca las capas de ropa y veo los fajos de billetes atados a su panza me viene una imagen a la cabeza, una metáfora muy nítida: parecen los cartuchos de la bomba de un kamikaze.

Otra cosa que yo no había previsto era que, por supuesto, esa plata hay que contarla. En la consultora hay una máquina para contar billetes (trato de pensar en cómo puede llegar a funcionar pero excede por completo mis conocimientos e intuiciones sobre física y química), pero resulta que la prueban y no anda. Oh, sí: van a tener que contar a mano. Diana, su marido y su hijo se reparten los fajos de billetes. Ezequiel se ríe: «el único que cuenta bien es el señor», dice refiriéndose al marido de Diana. Es un comentario machista, pero miro y tiene razón. El señor cuenta plata como quien alguna vez contó plata, con la agilidad suave de un jugador mezclando un mazo de cartas. Tengo entendido que él también tiene un emprendimiento inmobiliario en el interior, que Diana y él se van a vivir ahí y que por eso vendían el departamento y compraban uno más chico para el hijo de Diana, que se queda acá a estudiar ingeniería. Llevan un rato largo contando fajos de billetes, como narcos o apostadores de peleas de gallos en esta oficina horrenda.

Mi mamá está muerta de miedo, ya no sé ni de qué: pienso que quizás teme haber traído plata de menos, pero no, es el miedo residual que le queda de haber tenido que mover la plata y de toda la transacción en general. «Yo nunca compré un departamento, Tami», me dijo hace unos meses cuando estábamos buscando y parecía que jamás íbamos a encontrar uno. «El de Tucumán lo compré con papá, y la verdad que lo hizo casi todo Javier, yo puse la firma, ni me anoticié de nada.» El hijo de Diana también tiene algo de cara de miedo; pobre, yo también tendría miedo de contar mal los dólares, ni loca lo haría sin que vuelva a contar después mi mamá o alguien más. No me aguanto más y me río, total, Ezequiel se rio y hasta hizo un chiste, así que yo me puedo reír. Mi mamá se me acerca con las mandíbulas apretadas, a retarme y a suplicarme: «Tami, no escribas nada de esto».

Hay cuatro hombres: Ezequiel, Grinner, el escribano Recanatti y el marido de Diana, que no sé cómo se llama. Y dos fantasmas: mi papá, que nos mira desde la fotocopia de la sentencia de AMIA, y el padre del hijo de Diana, que jamás se menciona y del que nunca sabremos nada. Está también el hijo de Diana, cierto, pero le falta algo para ser un hombre.

Ezequiel es la pareja de mi mamá. Nunca fue mi padrastro, porque ellos no vivían juntos cuando mis hermanas y yo éramos chicas. Yo pensaba que en nuestro ambiente la convivencia habría sido un escándalo, pero ahora que son los dos grandes casi viven juntos y a nadie le importa mucho. Nunca nos fuimos de vacaciones con él. A Ezequiel no le gusta viajar y nosotras preferimos viajar sin varones cuando es posible. Siempre fue más como una especie de protector, de Papaíto Piernas Largas. Nos pasaba a buscar a los cumpleaños y a mi mamá calculo que le pasaba plata. Hoy vino ante todo para que mi mamá se quedara más tranquila, para que no tuviera que venir sola con la plata. Él y el marido de Diana son los únicos que están verdaderamente relajados. Se ríe y hace chistes entre dientes; no por ninguna razón, él habla así. Se le entiende poco, solo las últimas sílabas, y usa un tono que parece socarrón pero en realidad es solo de aparato, de inepto social que ya no tiene edad para que eso se lea con ternura. No vino con traje: jamás lo vi con un traje. Siempre usa camisas coloridas y sin saco.

Grinner lleva corbata con camisa de manga corta, como un vendedor de autos usados. Está gordo y pelado pero sospecho que es joven, incluso más que mi mamá: quizás tenga cuarenta años, cuarenta y cinco. Está nervioso pero trata de sostener la actitud alegre y lo que le sale es como una euforia fuera de código. Quiero comprar el departamento y cortar todo vínculo con él: me parece un pesado, de esas personas que quieren hablar por teléfono todo el tiempo y por cualquier tontería. Yo prefiero que me escriban. Solo me dio ternura la vez que, con toda soltura y aunque era la primera vez que la veía, le dijo a mi mamá que él se iba de viaje y volvería después de Kippur. Así tal cual, ni siquiera dijo «el día del Perdón». Dio por sobreentendido no solo que éramos judías (dados nuestros nombres y apellidos era razonable) sino que teníamos cierto conocimiento sobre la religión. ¿Tendremos escrito en la cara nuestro pasado de ortodoxas? ¿O en la inflexión de la voz? Los ortodoxos hablan español con acento de idish aunque no hablen una palabra de idish; quizás nos quedó algo de eso.

De todos los hombres alrededor de la mesa, Recanatti es mi favorito. No tengo nada contra el marido de Diana, parece un tío bonachón del interior, pero Recanatti es más mi tipo. Tuvo la cortesía de impulsar una pequeña conversación sobre ropa con Grinner y Ezequiel mientras esperábamos que llegara el resto, y dijo que a pesar de que fuera cara le gustaba la ropa nacional; eso me cayó bien. No de nacionalista ni nada, pero en general me gusta más escuchar a la gente que dice que algo le gusta que a la que se queja.

No sé cuándo ni cómo entendí que el marido de Diana no era el padre de su hijo, pero me quedó clarísimo. Nosotros no preguntamos nada sobre el padre de él y ellos no preguntaron nada sobre el mío, aunque si ellos quisieran podrían enterarse fácilmente. La sentencia que dice que el Estado nos debe varios cientos de miles de dólares en concepto de daños y perjuicios por la muerte de Naum Javier Tenenbaum (daño moral, lucro cesante y más) está ahí fotocopiada para quien quiera verla. Pero seguramente solo la leyó el escribano. A nadie le importa de dónde sale la plata que le dan, así como a las hijas no nos importa cómo se mueren nuestros padres, o de dónde sale la plata con la que nos compran un departamento.

Mientras esperamos en silencio que los vendedores terminen de contar la plata pienso que, aunque haya pequeñas diferencias de edad, hay claramente dos generaciones en esta oficina: la de Ezequiel, Grinner, mamá, Recanatti, Diana y su marido, y la de los nenes, el hijo de Diana y yo. Pienso que quien haya leído la sentencia, Recanatti seguro y tal vez Grinner, se imaginaría a mi papá en la generación de ellos, como un cincuentón o sesentón más. Pero yo tengo veintisiete, y Javier tenía treinta cuando se murió. Sería de nuestro equipo si estuviera acá, del equipo mío y del hijo de Diana.

Cuando terminamos de contar los dólares nos soltamos un poco y arreglamos algunas cuestiones de plata chica: la comisión de la inmobiliaria, la seña que nos deben, la diferencia porcentual de expensas. La dueña me dio tres copias de la llave y en el acto, por supuesto, mi mamá se quedó con una. Diego, mi novio, no vino. Ni se me ocurrió que viniera. Para mí esto era un trámite. Ezequiel vino para que mi mamá no anduviera sola cargando semejante cantidad de plata, nada más.

Recanatti me pregunta si es mi primer departamento, con un aire paternal y una sonrisa brillante en su piel curtida. Los vendedores son goim, como él. Grinner, mi mamá, Ezequiel y yo somos más grises, y ellos más dorados. Le contesto que sí, y me río. Qué conversación de ricos, pienso, «mi primer departamento», como si fuera el título de un libro para chicos. La dueña sonríe y me dice que qué buena manera de arrancar, que qué lujo. Ahí les empiezo a decir que no es que yo antes viviera con mi mamá, que este es el primer departamento que tengo a mi nombre, pero que yo ya vivía sola. No quiero que piensen que tengo veintisiete años y vivo con mi mamá. Pero mamá me mira: ella no quiere que piensen que tenemos plata. Así que me callo, qué manía, qué me importa si esta gente piensa que soy una nena o una mantenida. No los voy a ver nunca más y no sé nada de ellos. Que seas muy feliz en el departamento, me dice Diana con una sonrisa. Es una persona buena. Por alguna razón me cuesta menos detectar a las buenas personas cuando no son judías. Los judíos me resultan mucho más engañosos. Sobre Grinner, el pelado de la inmobiliaria, todavía no me decido, pero puede ser porque me rinde pleitesía todo el tiempo.

El escribano Recanatti baja con nosotros; Grinner, Diana y su familia se quedan. En el pasillo que da al ascensor Ezequiel se cruza con un conocido suyo. «¿Estás comprando o vendiendo?», le pregunta (ellos sí están sosteniendo una charla de judíos ricos en esta oficina de pobres, porque los judíos ricos en general son así, no les importan las formas ni la belleza, solo la plata; no les importan ni siquiera las cosas que pueden comprarse con plata). «Comprando, bueno, yo no, Ruti está comprando un departamento para su hija.» El judío guitudo me felicita como un tío que te conoce poco en tu Bat-Mitzvah; solo le falta darme un sobre con cien dólares. Mi mamá sonríe y otra vez tengo bronca: a mí me volvió loca para que no le contara absolutamente a nadie de la compra del departamento (me dejó contarle a Die porque va a vivir conmigo, nomás) y acá está Ezequiel contándole, muy tranquilo, a un desconocido cualquiera. Pero mirá si me voy a pelear. Me acaban de comprar un departamento.

Un poco le hice caso a mi mamá. Los nombres, las direcciones, los datos bancarios y los números de DNI (salvo por el mío) los puse todos cambiados.

En el cuarto en el que dormí durante los años que viví en Corrientes dormían originalmente mis abuelos. «La pieza de las nenas», donde dormían mi mamá y mi tía de chicas, es el cuarto que ocupó mi amiga Gigi durante el tiempo en que vivió conmigo. En el cuarto que había sido de mi tío puse un estudio que nunca usé porque era el único lugar de la casa sin luz natural. Corrientes es un cuatro ambientes pero en los noventa mis abuelos lo convirtieron en un cinco: tiraron abajo una pared y fusionaron alguito de la entrada con el lavadero para hacerle a mi mamá un consultorio, su primer consultorio. Mi mamá trabajó ahí hasta que una vecina se cansó de las familias de ortodoxos con doce hijos que chusmeaban y lloraban en los pasillos (chusmeaban las madres, lloraban los chicos) y la denunció por ejercer una profesión en un edificio que no era apto profesional. Cuando vaciamos la casa por primera vez para que yo me mudara, encontramos el cráneo de un esqueleto que mi mamá tenía ahí exhibido. ¿Para qué? ¿Para demostrar que sabía lo que hacía? ¿Como un chiste morboso de médico? ¿En un consultorio pediátrico? No sé dónde lo pusimos. La segunda vez que vaciamos la casa, cuando me fui a Aráoz, ya no lo vi.

Durante los primeros meses en que viví en el departamento de Corrientes pasaba mucho tiempo tratando de imaginarme la infancia de mi mamá. Lo que más me intrigaba era cómo era que se las arreglaba toda esa gente (mis abuelos, mi mamá, mi tía y mi tío) con un solo baño. Los departamentos viejos son así, me decía Gigi, que es arquitecta. Muchos ambientes y pocos baños. «Ahora si hacés un tres, le ponés un baño completo y un toilette. Supongo que es algo de la intimidad», me dijo. «Entonces ahora tenemos más intimidad», le contesté, y levantó los hombros con gesto de qué sé yo.

37

Yo pienso que un poco sí y un poco no, a la intimidad, me refiero. Lo de los baños es evidente, y otra cosa: varias de mis amigas son, como yo, las primeras mujeres de sus familias que viven solas. Pero otro poco no sé, porque en lo que es la niñez creo que mi mamá era mucho más independiente que yo. Algo que me cuenta siempre es cuando volvía de la primaria con su hermano a la hora de almorzar y mi abuela les había dejado comida, siempre dos platos, una sopa y un principal. Y por supuesto la idea era que tomaran primero la sopa, pero lo que ellos hacían era turnarse, uno tomaba primero la sopa y el otro el principal, y después se cambiaban los platos, para lavar solamente dos juegos de cubiertos y no cuatro. Primera cuestión, a mí jamás en la primaria me hubieran hecho calentarme la comida yo sola. Segunda cuestión, nunca hubiera hecho ese cálculo de utilidad porque jamás me reclamaron que lavara un plato, lo dejaba ahí tirado en la bacha y alguien lo iba a lavar, yo ni siquiera sabía quién. La chica que trabajaba en casa, mi mamá, Eliahu Hanavi, que es un profeta que nos visita en Pesaj y hay que dejarle una copa de vino y cuando te despertás se la tomó, más o menos como los Reyes y el pastito de los camellos, qué sé yo, podía ser cualquiera, pero una cosa era segura, no iba a ser yo. Y eso que no éramos de plata. Yo siempre le digo a mi mamá que nos crio como unas princesas que no saben hacer nada y no entiendo cómo hizo, siendo que la plata no empezó a sobrar hasta mucho después, primero un poquito cuando a ella le empezó a ir mejor y después en serio cuando cobramos la indemnización.

Lo que puede ser, sigo pensando en este tema del baño, es que independencia e intimidad no sean lo mismo. Y que a mi mamá de chica le haya tocado la peor parte: tener que hacer todo sola pero que no te dejen en paz.

El Einstein, la primaria a la que fueron mi mamá y sus hermanos, cerró hace relativamente poco, menos de diez años. Cuando todavía existía, mi mamá nos la señalaba todas las veces que pasábamos por delante, que eran muchas, porque quedaba enfrente del departamento de Corrientes. El Einstein era un colegio laico común: en la época de mi mamá no había escuelas judías que estuvieran acreditadas en el sistema oficial, así que los chicos judíos, aunque fueran ortodoxos, iban a la mañana a colegios públicos y a la tarde al colegio judío. De grande me di cuenta de la diferencia enorme que eso significaba entre la infancia de mi mamá y la mía. En algún sentido la de ella había sido menos opresiva y más normal. Ella no sabía nada del mundo real pero estaba acostumbrada a verlo pasar por al lado. La mejor amiga de mi tía es una chica que conoció en el Einstein, una mujer de la alta sociedad, hija de viñedos mendocinos, de familia católica y de izquierda. Yo, en cambio, casi no vi un goi que no fuera una shikse hasta los doce años, cuando con la coartada de *la mejor educación* empecé el curso de ingreso a un secundario laico. Ese año me hice varias amigas, entre ellas una chica muy católica que iba al Guadalupe; cuando quise ir a un baile de su colegio mi mamá se puso a llorar. Shikse significa literalmente «una chica no judía», pero los judíos religiosos lo usan despectivamente para referirse a las empleadas. Supongo que porque son las únicas chicas no judías que conocen.

Hay un portarretratos chiquitito con una foto que encontró Gigi cuando quiso ubicar sus cosas en la pieza de las nenas. La foto era de mi abuela pero ella no figuraba. Salían diez o doce chicas que tendrían veinte años y looks muy variados. Algunas tenían pollera larga y amplia, de esas que usan las religiosas de kibutz en Israel, las que además de amar a Dios trabajan la tierra. Otras estaban en jean, otras en jardineritos. Una tenía una remera con círculos concéntricos de las que hace unos años todavía se llevaban contra el cáncer de mama. Otra, que estaba sentada en el piso, sostenía un cartelito que decía «Majané Tanaj 1990». Le conté a Gigi lo que me habían contado a mí la primera vez que me crucé con esa foto: el Majané Tanaj era un campamento para chicas que se hacía en Israel todos los años, al que mi abuela iba como tutora. Visitaban lugares bíblicos, cada año con un recorrido distinto, siguiendo una vez la ruta de Moisés, otra vez la del libro de los Jueces, otra la de Abram cuando se fue de su casa para convertirse en Abraham. Escalaban montañas y dormían una noche en el desierto. La bobe siempre que volvía, decía mi tío, llegaba con visera, mascando chicle y tarareando lo último que sonaba en la radio.

Cada vez que movés cosas en Corrientes aparecen objetos que no viste nunca, y que no vas a volver a ver, aunque digas «lo separo para guardarlo». El único que, como un problema, insiste y persiste, es el portarretratos ese.

En Corrientes los veranos son una pesadilla: la luz se corta día por medio durante todo diciembre. Pero un día pasó algo raro: después de un corte largo, la electricidad volvió a todos los departamentos menos al mío. Hasta ascensor había, y el ascensor funciona con las dos fases: si hay ascensor, hay luz en todo el edificio. Gigi estaba de vacaciones en Córdoba visitando a sus abuelos. Me puse a llorar de la rabia. Tenía que llamar a un electricista, así que llamé a mi mamá, que me dio una clásica respuesta suya, que nunca es «tomá, este es el teléfono, se llama Juan, decile que llamás de parte mía». Me dijo que llamara a Ezequiel, que tenía una obra en su casa en ese momento, para que me «mandara» al electricista que tenía trabajando ahí cuanto antes. Insistí para que me diera otro teléfono pero no había caso: que es diciembre y se le queman las heladeras a todos, que no vas a conseguir un electricista que vaya en el día a tu casa a menos que llames al que está en lo de Ezequiel. Con mis hermanas llamamos a este tipo de respuesta «crealina/arcilla». Cuando íbamos al jardín y las maestras pedían para alguna manualidad «crealina» (una masa gris y fácil de manejar, más bien horrible e inútil para cualquier propósito que no sea hacer cosas con nenes chiquitos sin que se envenenen ni se ensucien tanto), mi mamá siempre nos hacía llevar arcilla, porque «la arcilla es mejor que la crealina».

Un par de horas más tarde vinieron: mi mamá, su novio y el electricista. Al menos no lo voy a tener que pagar, qué sé yo. El tipo se puso a desconectar las distintas fases del departamento para ver dónde estaba el problema. «Hay como dos sistemas acá, dos sistemas eléctricos independientes», dijo moviendo la cabeza y entrecerrando los ojos. Estuvo prendiendo y apagando cosas hasta que identificó a qué sistema correspondía cada electrodoméstico de la casa. El timbre, la luz del baño y la heladera iban por un lado; el resto de las luces de la casa, por el otro. A su mueca de desconcierto sobrevino una sonrisa de certeza, como si hubiera resuelto un misterio usando algún truco de viejo conocedor. «Ya sé lo que pasa, yo trabajo en el barrio hace muchos años —dijo—. Tienen el sistema ese, el que usan los sábados, para apagar y prender luces sin tocarlas. Es eso lo que hizo cortocircuito.»

Mis abuelos tenían instalado, como también hay en la casa de mi mamá, lo que se llama un «reloj de shabat». Para no prender ni apagar luces desde la tarde del viernes hasta la del sábado, el sistema eléctrico de la casa se divide en dos. A una hora asignada (a las diez, once o doce de la noche, por ejemplo) se apagan todas las luces: queda solo encendida la heladera y quizás la luz de algún baño. A la mañana se vuelven a prender solas todas las luces. El electricista todavía se muere de risa cuando le recuerda a mi mamá la cantidad de barrabasadas antisemitas que dije cuando me explicó el problema. Que el único templo que ilumina es el que arde. Que voy a llamar a Al Qaeda y preguntar si reciben donaciones.

Ayer pasé por Corrientes de nuevo. Fui a buscar el control remoto de la tele, que no encontraba por ningún lado, y se me ocurrió que tal vez estaba ahí, que no lo habíamos traído en la mudanza a Aráoz. Mi tía me dijo que fuera tranquila pero que no me olvidara la llave porque ella no iba a estar.

El barrio está cambiando pero la cuadra de nuestro departamento es inmune a la gentrificación. La esquina de Gallo está toda entera tomada por unos asentamientos que quedaron de una vez que la dictadura iba a construir una autopista. Alrededor del edificio van apareciendo las torres, las tiendas de muffins y las familias recién hechas y Corrientes 3480 va convirtiéndose en una isla, en un museo, en una baldosa que recuerda a alguien que se murió.

El control no lo encontré pero me topé con una remera vieja mía y me quedé un rato revisando por si aparecía más ropa. Me olvidé de lo que me había dicho mi tía de las cucarachas y abrí la heladera para servirme algo frío: estaba apagada y llena de libros. Hasta en los estantes de la puerta había algunas ediciones de bolsillo.

LAS INSPECCIONES DEL ESTADO

Una o dos veces por año llegaban al colegio las inspecciones del Estado. Podían ser de dos clases: la de los subsidios, que caía puntualmente todos los primeros trimestres, y la del nivel educativo, que me parece que tocó muchas menos veces. Yo recuerdo solo una.

Para las de los subsidios teníamos una coreografía. Los tres primeros grados se iban en silencio ni bien llegaba la inspección. Les avisaban a sus padres que ese día tendrían que retirarlos más temprano, y que si no podían hacerlo, directamente no los trajeran al colegio; explicarles a nenes tan chiquitos lo que había que hacer habría sido demasiado complicado. Los grados que quedaban se juntaban: cuarto con quinto, sexto con séptimo. Los de cuarto tenían que decir que estaban en quinto y los de sexto tenían que decir que estaban en séptimo, de manera que lo que quedaba eran dos grados: un sexto engordado y un séptimo engordado. La versión oficial, la que les daban a los inspectores, era que los cinco grados inferiores habían ido a una excursión (la favorita era «a una granja», genérico mucho más incomprobable que «al zoológico» o «a La Serenísima») y que solo estaban en el colegio los últimos dos, pero que igual podían ver todas las listas, y por supuesto entrar a las aulas de los que se habían quedado. La instrucción que se nos daba a los que estábamos era que sacáramos alguna tarea de matemática y nos pusiéramos a hacerla en silencio, sin levantar la cabeza ni hacer preguntas y que solamente alzáramos la mano cuando dijeran nuestro nombre.

Entonces alguna de las maestras empezaba a tomar lista, y ahí venía la parte extraña. En orden alfabético estaban mezclados los nombres de los dos grados, lo que para nosotros ya era suficientemente confuso. Pero (esto lo entendí muchos años después) ni siquiera combinando dos cursos llegábamos al mínimo de alumnos que calificaba a una escuela para recibir el subsidio del Estado. De modo que entre los nombres de un grado y el otro grado también aparecían otros nombres: chicos que se habían cambiado de colegio; chicos que se habían ido a vivir a otros países. Ningún nombre, aunque no hubiera pasado en el colegio más de dos o tres meses, se tachaba de la lista. Todos se reciclaban, todos servían. El de Janele, por ejemplo, una de mis mejores amigas del jardín, que en primer grado se había ido a vivir a Israel, y que era la heroína de mi familia porque cuando se olvidaron de mí en la colonia de vacaciones avisó que yo no estaba en el micro y había que volver a buscarme. O el de Eli Weiss, una chica alta y rubia que en cuarto grado se fue con su familia a Rumanía. Su papá era rumano y había encontrado trabajo allá. Su mamá le teñía el pelo para sacarle los piojos; elegía un color muy parecido pero nunca exactamente igual. Lo recuerdo muy bien porque mi mamá me amenazaba con hacer lo mismo. No sé si la mamá de Eli era rumana también o de algún otro país parecido. Sí recuerdo que su castellano era raro y que me llamaba Samara, en vez de Tamara.

Algunos nombres eran de chicos que jamás habían sido compañeros nuestros; a veces se correspondían con nombres de amigos que teníamos en otros colegios del barrio, pero mi sensación ahora es que debían de ser nombres judíos inventados, genéricos. Simón Levy, Miriam Cohen, Jonathan Kirschenbaum. Las maestras llenaban las aulas de bancos vacíos, los que les correspondían a todos esos alumnos ausentes. Era común que nos equivocáramos, que nos pusiéramos en evidencia. Siempre había alguno que preguntaba por qué llamaban a Roni si Roni no venía a Talpiot desde el jardín o que le avisaba a la maestra que en la lista había gente vieja. Ellas hacían como que no escuchaban y hablaban por encima de nuestras voces con las inspectoras, que también solían ser mujeres, sobre lo difícil que era mantenernos callados o lo difícil que era dar clase en invierno en época de gripe o lo difícil que era cualquier otra cosa.

Nuestras maestras usaban guardapolvos blancos arriba de sus polleras largas. Nosotros no usábamos guardapolvos; el uniforme del colegio nomás, que consistía en ponerse algo azul en la parte de abajo y algo blanco en la parte de arriba. Nosotros éramos chicos especiales pero ellas eran maestras normales. Como no eran judías, tampoco se cubrían el pelo, aunque estuvieran casadas. Las inspectoras a veces venían en pantalones. Traían planillas y se reían con las secretarias. Con las maestras también, pero menos.

Me acuerdo bastante del primer año que me tocó participar de esta historia, en cuarto grado. El objetivo de la mentira no lo sabía pero me ponía contenta que los adultos me incluyeran en ella y me enorgullecía lo bien que la llevaba, mi astucia para no acotar ninguna estupidez.

De la segunda vez me acuerdo también, cuando estaba en quinto y nos juntaron con los de cuarto. Hacía unos meses se había muerto Ioni, un compañero nuestro que había nacido con una cardiopatía congénita y había tenido problemas siempre. De la muerte de mi papá, un par de años antes, no recuerdo nada. Esta es la primera muerte de la que tengo consciencia y en la cabeza las tengo como encuadernadas juntas, con las páginas mezcladas. La hija mayor del rabino nos dio una charla en el patio, la primera explicación que tengo en la memoria sobre el hecho de que la gente se muere. Ella no tenía ni quince años pero vino a funcionar como una especie de intérprete entre el rabino y nosotros, a explicarnos en palabras intermedias lo que él nos hubiera querido decir. No nos habló del cielo pero sí habló de almas. Nos dijo que cada alma tenía una misión sobre la Tierra, pero no en el sentido de un objetivo: un camino, lugares por los que tenía que pasar. Y no todas las almas necesitaban historias largas. Las más sabias eran justamente las que no paraban mucho tiempo en el mundo, las que cumplían sus compromisos en poco tiempo. Un par de días les podían alcanzar.

Mis compañeros lloraban naturalmente, como lloran los bebés, y a mí eso me inspiraba desconfianza. Había algo que tenían clarísimo: o sea, no, no era así, pero yo pensaba que emocionarse requería algún tipo de certeza, y que si yo estaba dura y seca era por eso, por algo que me faltaba saber o entender. Recién me puse a llorar cuando su hermano más chico, que era compañero de mi hermana Debi, volvió al colegio de la mano de su mamá, los dos con las cabezas orientadas al piso como si estuvieran imantadas.

Ese año, el día que vinieron las inspecciones del Estado, escuché con atención mientras pasaban lista esperando que, entre los nombres vencidos y los inventados, apareciera el de Ioni. Nunca lo llamaron, y recuerdo haberme quedado pensando que hubiera preferido que lo hicieran.

Otra vez llegó una inspectora mientras estábamos teniendo clase de música. Florencia se llamaba nuestra maestra de música y la llamábamos así, sin «señorita» ni nada. Era violinista, pero al colegio traía la guitarra. Cuando nos vinieron a avisar la tenía apoyada sobre la mesa, como un esqueleto en una clase de anatomía. Estábamos todos parados alrededor, y ella iba golpeando la guitarra en distintos lugares, en las cuerdas, en los costados, en las clavijitas, para mostrarnos que en algunos lugares aparecían sonidos vibrantes y en otros solamente se escuchaba un golpe seco. A veces me acuerdo de ella cuando me estoy bañando, o me acordaba de ella cuando me bañaba de inmersión en la casa de mi mamá: hay un lado de la bañadera que cuando tenés las orejas abajo del agua y lo golpeás suena como el llamado de una ballena, y otro lado que suena hueco y flaquito, que creo que es el lado que está contra la pared. Supongo que no hay aire para que viajen las ondas, pero es una suposición infundada, no creo que sea lo que me explicó Florencia. De la física del sonido no recuerdo nada y la trato siempre como si fuera magia.

Fue todo torpe cuando entraron a avisarle a Florencia de las inspecciones, como si ella no entendiera bien de qué se trataban o lo que había que hacer. Una maestra más grande la sacó del medio y empezó a gritarnos a todos para que reorganizáramos los bancos con los chicos del otro grado, a recordarnos los protocolos. Los varones bajaron de las paredes los carteles que tenían nuestros nombres y los guardaron en un placard que había en el aula. Un poco de sorpresa y un poco de rutina, como un simulacro de incendio.

En el movimiento uno de los chicos tiró al piso la guitarra. Se escucharon todos los sonidos que habíamos probado antes y unos cuantos más, la madera rompiéndose y el impacto de las cuerdas contra las baldosas frías del aula. Las dos mitades de la guitarra en el piso parecían demasiado poco para tanto estruendo. Todos paramos lo que estábamos haciendo y el chico que había tirado la guitarra se puso a llorar; pero la maestra que había entrado a darnos órdenes, la señorita Julia, nos dijo que siguiéramos acomodando y que guardáramos los pedazos de guitarra en el placard, que después veríamos qué hacíamos con eso. Esperamos en silencio y en posiciones pero la inspectora nunca entró. Llamó a la señorita Julia desde el pasillo, le pidió la lista, la miró por encima sin dejar de hablar por celular y se fue.

Tengo la imagen de Florencia sentada en un banco, uno de los que usábamos los chicos. A ninguna otra maestra de las que teníamos le hubieran entrado las piernas en uno de esos pupitres. Florencia sentada, mirando para abajo y con la mordida invertida, los talones golpeando en el piso de la ansiedad. Y después, ahí mismo, Florencia pintándose los labios, con un lápiz rojo y un espejito portátil de esos que usan las chicas que se maquillan en el subte, como para hacer algo que la distinguiera de nosotros, algo que le recordara su privilegio de adulto.

Estaban también las otras inspecciones, las que venían a verificar el nivel educativo, y de esas recuerdo una sola. Vino un inspector varón, joven y nervioso. Debe de haber sido en quinto grado porque la que estaba era la señorita Mercedes. Era alta y gorda, tenía el pelo cortado casi al ras como un soldado y nunca se cansaba de recordarnos a mis hermanas y a mí que ella tenía exactamente la misma edad que mi mamá, que había nacido el mismo día del mismo año que ella. Como nosotras no sabíamos que mamá era linda y que a la señorita Mercedes en la escuela la despre-

54

ciaban por solterona, no entendíamos el sentido de esa comparación, el sentido que ella le daba.

Esa vez, el inspector sacó los exámenes de un sobre blanco, haciendo mucho ruido al abrirlo y algo intenso con la mirada, como para que entendiéramos que se trataba de un sobre virgen, que nadie había visto los papeles que contenía antes. La señorita Mercedes tomó la mitad como para ayudarlo a repartir; él intentó negarse pero ella le sonrió y prácticamente se los arrancó de las manos.

—Si igual tengo que mirarlos.

Él pareció no entender.

—Puede mirarlos si quiere, le dejo una copia, son pocos chicos; me van a sobrar.

—Tengo que mirarlos —insistió ella.

El inspector empezó a explicar las reglas. No podíamos contestar con lápiz ni usar liquid paper ni borratintas; si tachábamos, teníamos que hacer una llamada muy clara, pero lo mejor era no tachar. No podíamos hablar ni hacer preguntas; lo que no entendiéramos no lo contestábamos y listo. Había que firmar todas las hojas. «Los que no tengan firma pueden escribir su nombre.»

Pero la señorita Mercedes no nos dejó empezar. Mientras él hablaba ella había estado escribiendo sobre su copia del examen, agarrando la birome con el puño entero como un nene chiquito.

—Hay preguntas que los chicos no pueden contestar —dijo de pronto, un poco a él pero también a nosotros. Parecía que lo estaba disfrutando.

—Bueno, justamente —el inspector estaba como atragantado—. Lo que no saben no lo contestan.

—Esta es una escuela religiosa —le dijo la señorita Mercedes, con una especie de orgullo que jamás le habíamos visto de trabajar en un colegio judío—. Acá hay muchas cosas que no se enseñan.

—Entiendo —dijo el inspector, pero claramente no entendía.

—Por ejemplo, estas preguntas, las que son sobre la reproducción. Esto los chicos no lo saben, ¿entendés?

—Claro. —El inspector trató de respirar más despacio—. Bueno, chicos, esas dos preguntas no las contesten. O pongan lo que les parezca.

—No, no —insistía la señorita Mercedes—. Táchenlas. Las tienen que tachar.

Y para asegurarse, la señorita Mercedes pasó por todos los bancos y tachó en la hoja de cada uno las dos preguntas prohibidas, mientras el inspector transpiraba o lloraba o alguna otra cosa chorreaba sobre su cara. Era un examen multiple-choice, y de una de las preguntas recuerdo las opciones: reproducción mamífera, ovípara u ovulípara. La reproducción ovulípara todavía no sé qué es porque nunca me la enseñaron en ninguna otra instancia y todas las veces que pensé en googlearla me olvidé o me aburrí. Ahora ya me gusta un poco dejarlo así, como un misterio de la vida y del mundo. No saber algo como una especie de cábala, o de souvenir.

QUÉ HAY EN PANAMÁ

Sé de la fragilidad de la propiedad, de las casas y de las historias. Me mudé del Once de mi mamá al Almagro de mi abuela y de ahí, al Villa Crespo de mis amigas. Para eso tuvieron que pasar: una muerte, cuatro apostasías, dos jubilaciones, un fallo judicial, cerca de ciento veinte menstruaciones. Ahora tengo un gato y trabajo desde mi casa. Vivo con mi novio y a veces no nos cruzamos en toda la semana. Nadie se pregunta cuándo voy a tener hijos, salvo yo.

Hace poco me enteré de que Sarita, una compañera mía de la primaria, se casó con un rabino panameño y se fue a vivir allá, a Panamá. ¿Qué hay en Panamá?, le pregunté a mi mamá, que fue la que me contó. Una comunidad muy grande, me dijo. El resto se puede imaginar: un supermercado kosher, un par de templos, un negocio de pelucas, una carnicería, modistas que hacen vestidos de casamiento, algún tipo de empresa en la que trabajan los maridos. En

Panamá me imagino que son hoteles, sector financiero, inmobiliarias. Calculo que no hay textiles como en casa. La tela de las modistas de los vestidos de casamiento se traerá de algún lugar de afuera.

El sol sale temprano en Panamá. Un día Sarita se levanta a la mañana y tiene el pelo inflado de la humedad; está acostumbrada, en Buenos Aires era igual, pero los años de usar peluca se lo están dejando muy finito y cada vez es peor. Mientras busca la más transparente de sus boinas, a ver si logra que algo de sol llegue al cuero cabelludo, va despertando a sus chicos, uno por uno. Les toca el hombro, les rasca la nuca. Les dice buen día en castellano, en hebreo, tal vez en inglés. Les sirve fruta y yogur; a Panamá llega yogur kosher de Estados Unidos, así que Sarita se acostumbró a comerlo. Nadie desayuna con tostadas en otros países. Ayuda a las nenas más chiquitas a subirse las medias cancán. Su marido recién empieza a levantarse cuando ella está saliendo para el colegio.

En Panamá las chicas como Sarita manejan. Hay una señora que les enseña a todas en un auto de doble comando, sin tocarles las rodillas, porque no tiene muy claro que para los judíos ortodoxos las mujeres sí pueden tocar a otras mujeres. La ciudad es pura autopista y no hay otra manera de llegar a ninguna parte, ni siquiera dentro del barrio judío. Sarita y su marido tienen una camioneta Toyota. Comparada con todas sus amigas, incluso la que se casó con un conocido empresario argentino que pegó brote místico, Sarita es rica. Cuando una de ellas viajó a visitarla, Sarita misma fue a buscarla al aeropuerto. Mirala vos, a la panameña moderna, le dijo su amiga, y Sarita se rio.

Pero ese día no va al aeropuerto. Aprovecha la ida al centro para chusmear unos zapatos y de ahí se vuelve a su casa. En Panamá las empleadas no son con cama como en el Once, así que Sarita está sola. Baja la carne para la noche del freezer y entra a Facebook a ver en qué andan sus hermanas. Se distrae. Se engancha mirando fotos de casamientos de gente que no conoce más que de nombre, de ver sus apellidos grabados en los bancos del templo. Recetas de cocina en videos cortos donde todas las actividades aburridas como pelar papas y sacarles las semillas a los zapallitos se hacen en fast forward. Sin darse cuenta cómo termina en el perfil de una amiga que hace años que no ve, porque erró el camino y ya no sigue la senda de la torá. Distraída, sin querer, le da like a mi foto de perfil.

Antes yo pensaba mucho en las vidas ajenas. Una actriz de Hollywood, una oficial militar en la Antártida, una abogada feroz recorriendo los pasillos de Tribunales con los tacos en la mano. La abogada usa una blusa de seda, de seda artificial. Está maquillada pero tiene agujeros: las pielcitas secas de los labios absorbieron demasiado rouge y son como valles rojo sangre en su boca ya casi despintada. Todavía no tiene patas de gallo propiamente dichas pero el corrector se le acumula en los pliegues cuando sonríe, o cuando entrecierra los ojos porque se olvidó los anteojos en su casa y le cuesta hacer foco. A pesar de los zapatos (en la calle los tiene puestos) sortea las veredas rotas y a los vendedores de códigos civiles del centro como una campeona. Carga unas carpetas llenas de fallos exitosos que igual no alcanzan para nada y encima no entran en su cartera, porque ahí lleva la ropa para el happy hour, nunca se sabe. Habla por teléfono, porque en las profesiones tradicionales todavía se habla mucho por teléfono, y porque el recuerdo que tengo de las abogadas es de 2003, 2004, cuando iba al colegio enfrente de Tribunales y me las cruzaba en todos los almuerzos, en todos los colectivos, en la plaza Lavalle y en el Petit Colón.

Está sola, la abogada: los adultos siempre están solos en el centro, eso es lo que más los diferencia de nosotros, eso y nuestros uniformes. Desamparados estamos todos por igual, la misma mirada de resistencia a la derrota que atrás lleva una derrota. Está sentada a una mesa que da a la calle. Habla a los gritos con una mano y come con la otra un sándwich de jamón, queso y tomate al que le sacó el pan de arriba. Mientras ella se pregunta cuánto falta para que se termine el día, para que se termine la noche y para que se termine todo, yo la miro. Tengo una camisa que me queda grande porque insistí en comprármela en un local de ropa de adultos aunque todavía tengo las tetas muy chicas, y una pollera muy corta a la que mi mamá le hizo el dobladillo después de que le expliqué llorando que ninguna chica en este colegio usa la pollera del uniforme del largo que viene. La abogada paga, calcula la propina, se alisa la pollera al levantarse. Escucho un ruido que viene de un container, algo que se mueve. Podría ser un linyera, miro tratando de no mirar, pero no: es una rata chiquita y gris que sale del container y empieza a caminar por la calle, por esa parte que no es asfalto pero ya no es vereda. La abogada no oye ni ve nada pero arranca para el mismo lado, como si la rata la hubiera pasado a buscar. Se van juntas, el mismo desajuste en el centro de gravedad, suave, natural y nervioso. Estoy sentada en el cordón de la vereda, tengo la cola muy fría y se me ve la bombacha.

Últimamente, en cambio, pienso más en las vidas que son como un espejo apenas raspado, un desvío mínimo. Las mascotas sirven para eso. Mi amiga Gigi, la que antes vivía conmigo, ahora vive a cinco cuadras: fuimos al mismo secundario, las dos estudiamos en la UBA, carreras diferentes, no es importante. Las dos alguna vez trabajamos en el Estado. Las dos somos monotributistas. Una vez, a los veinte años, nos invitaron a una fiesta de disfraces y como no teníamos ganas de salir a conseguir nada decidimos disfrazarnos la una de la otra: todos pensaron que era una idea muy graciosa. El año pasado su hermana se murió de un infarto mientras iba en subte al trabajo y el reflejo se nos terminó de dibujar. Ahora las dos tenemos el mismo mordisqueo intermitente en los talones. Una historia por la que siempre te terminás disculpando con alguien, aunque no entiendas bien por qué.

Decía lo de las mascotas: la última vez que me fui de vacaciones Gigi vino a casa a cuidar a Carmelo, mi gato. Imaginé que Gigi se ponía mi ropa, usaba mi cuenta de Netflix para mirar las series que yo estoy mirando desde el último capítulo en que las dejé. Comía la comida de mi heladera, preparaba los fideos que yo elegí. ¿El gato se daría cuenta de la diferencia?

Cuando volví parecía que no, que estaba bastante cómodo. Gigi había usado la pileta y el gimnasio, se había hecho amiga del portero. Lo único, me dijo, traté

66

de regarte las plantas, pero fue imposible. Están todas secas sin remedio. Deberías tirarlas, parece un jardín de la muerte lo que tenés ahí.

Hace poco le devolví el favor, no a Gigi sino al universo, o a otra persona que también podría ser yo. Cinco pisos más abajo que Diego y yo vive una pareja que tendrá más o menos nuestra edad. Tienen una perra chiquita y a veces nos los cruzamos cuando la sacan a pasear de noche, de día no, porque ellos tienen trabajos full time en relación de dependencia. Él trabaja en sistemas y ella en publicidad, en Coca-Cola. Fue ella la que me tocó el timbre hace unos días para preguntarme —«por favor no te sientas obligada, igual la puedo dejar con mi mamá»— si no podíamos cuidar a Perla cinco días porque se iban a las sierras de Córdoba. Como a Carmelo le gustan los perros y a mí también, le dije que sí.

Perla es una fox terrier negra, barbuda y bastante bien comportada. No lloró de noche y no se peleó con Carmelo, aunque tampoco se hizo amiga. Él la buscaba en los rincones para jugar y ella lo evitaba, yéndose para otro rincón o quedándose dormida. El único problema que tuvimos fue con la pared del living. Al principio se la chocaba despacito y después se fue enojando, como acumulando bronca contra esa pared que no se dignaba moverse. Se daba tan fuerte contra el revoque que teníamos miedo de que se lastimara, aunque parecía saber perfectamente lo que hacía. Un día llegué a casa y Diego la estaba abrazando, como si la estuviera consolando, aunque el que estaba angustiado era él. La miraba a los ojos y le preguntaba, ¿qué pasa, Perla? ¿qué se te perdió en el hormigón de nuestra casa?

El lunes volvieron los dueños de Perla y vinieron a buscarla con unos alfajores para nosotros. La perra estaba entera pero no sabemos nada de perros, así que por las dudas les contamos lo de la pared, por si era un síntoma de algo que ellos ya le conocieran. El pibe de sistemas se quedó medio desconcertado pero ella se paró en el medio del living como un agrimensor. «Perla es ciega —nos dijo—, pensé que te lo había contado, y nuestra casa es exactamente igual a la de ustedes, incluso en la disposición de los muebles, salvo por esa pared, que la tiramos abajo cuando compramos el departamento.» «¿Pero no aprendió? ¿No le alcanza a un perro ciego con chocarse un par de veces? Porque fue como si cada vez lo supiera menos y no más», le pregunté, pero no me respondió y me habló de otra cosa, así que solo me queda imaginarme qué se sentirá que un día, sin que te digan nada, te lleven de una vida a otra que es igual, idéntica, pero con una pared atravesada en el medio.

VILLA CRESPO

Todo luz, decía el aviso, y los avisos siempre mienten pero en este caso tenía razón. Pisos de madera, decía después, y así me terminó de convencer. Eso lo saqué de la mamá de un exnovio, se puede vivir en una villa miseria si tiene parquet. Yo no sé nada de detalles: se nota en cómo escribo, las cosas chiquitas siempre se me escapan por los costados. Me cuestan las escenas y los adjetivos. Por eso me apropié de ese capricho de ella con la madera y la volví una cosa chiquita que me importa mucho. Me enamoré de esa casa como imaginaba de chica que se enamoraban las tortugas cuando me enteré de que vivían cien años y supuse que entonces sus matrimonios durarían ochenta. La vi y sencillamente lo supe. Cada visita a un dos ambientes subdividido en la parte fea de un barrio que podría llegar a querer había valido la pena porque me había llevado hasta ahí.

Para mi mamá, Villa Crespo es el barrio de mi bisabuela: fábricas abandonadas, las gomerías de

Warnes y tostis con arenques, lo único que comía ella, su cábala personal para una vida larga. La bobe Taive usaba repasadores como individuales y nunca atendía el teléfono, porque quién la iba a llamar, les decía a los que se quejaban: eso es lo que sé de ella. No la conocí y no nos quedan muchas fotos.

Para mí, Villa Crespo es el barrio de Diego, porque cuando empezamos a salir él vivía ahí, como lo hizo toda su vida. Vivió en tres departamentos distintos de Villa Crespo. La única pausa de su vida en otra parte fue cuando se fue al Abasto, por unos meses, para vivir conmigo en Corrientes antes de que yo me comprara Aráoz. En Villa Crespo quedó esa cama tan incómoda que tenía él, con un colchón tan flaco y arrasado que una vez a las cinco de la mañana me puse a llorar y le rogué que nos vistiéramos y que nos fuéramos a casa. Yo quiero vivir más rápido pero me duele la espalda. Cuando salió de la cama de un salto y se empezó a poner los zapatos sin levantar la cabeza pensé que me estaba jodiendo, pero no. Las llaves le tintineaban en las manos mientras yo contaba la plata para el taxi. En nuestra casa nueva el colchón es firme y nuestras llaves hacen bip bip, porque mi mamá nos trajo de Estados Unidos un chichecito que se conecta con una aplicación para llamarlas cuando no las encontramos. Lo enganchás en el llavero y listo.

Abajo de mi casa nueva, en la esquina, hay una florería. La atiende un matrimonio de viejitos, los dos de pelo completamente blanco. Ella usa rodete y un delantal a lunares que parece de cocinar o de hornear cosas, como si fuera más panadera que florista, y abajo de los delantales siempre vestidos también estampados. La conjunción de los lunares con los otros motivos le dan una cosa kitsch involuntaria que mis amigas están siempre tratando de hacer a propósito. El marido casi siempre está de enterito de jean y camisa abajo, un look como de granjero norteamericano. Son una pareja vistosa pero no reparé en ellos hasta que noté que tenían un pizarrón colgado en el puestito de flores.

El pizarrón siempre está escrito. A veces hay ofertas: «A 20 pesos los jazmines», «Solo por hoy: 6 rosas de tallo largo a 60 pesos», «Dos ramos de fresias (grandes) a 50 pesos». Algunos días hay avisos: «Hay tulipanes» o «Llegaron los jacintos». Otros son alusivos a las cosas que están pasando: el primero que noté fue el que decía «Feliz comienzo de clases les desean Sus Floristas». Poco después vino «Jag Sameaj» en Pesaj, y para entonces ya se me había hecho costumbre, cada vez que iba para ese lado, chequear el pizarrón antes de doblar hacia Scalabrini. Pasaron «Adiós al verano», «Hay flores para las pascuas» y «Hoy es el día de los veteranos de Malvinas», así, con esa sintaxis, como contándolo.

Una noche de mucho calor que no me podía dormir bajé a dar una vuelta con la excusa de comprar un chocolate o una Coca light. Eran casi las tres de la mañana, pero en la florería había luz. Me acerqué y me imaginé un par de historias durante el medio minuto que me tomó llegar: el barrio estaba con problemas de electricidad, tal vez habían tenido un corte y habían venido al puesto a leer o a calentar agua para mate. O quizás tenían un hijo, o incluso un nieto, que usaba el puesto para parar con sus amigos. Finalmente la vi: una chica visiblemente embarazada, de unos veinte años o tal vez menos, con el pelo teñido de naranja y los dientes de adelante chiquititos, como si le hubieran sacado la mitad y ella se los hubiera emparejado después, sentada en la puerta de la florería del lado de adentro, burocrática y majestuosa, mitad princesa mitad secretaria. Nieta, supuse mientras hacía cálculos mentales, tratando de recordar con exactitud las caras de los floristas, las arrugas, las manchas en sus pieles.

En eso sentí que tenía a alguien parado atrás, demasiado cerca; no me tocaba ni me respiraba en la nuca, no le escuché una pisada. Los cuerpos humanos tienen eso, no sé si es que mueven el aire o se perciben a nivel hormonal, pero los reconocés aunque no entiendas bien con cuál de los sentidos. Era un cuerpo grande, un cuerpo denso que se extendía hacia arriba y hacia los costados. No me moví, no me di vuelta, no dije nada; pienso que si alguien te está por robar deberías mirarlo fijo, quizás si saben que los reconocés se van corriendo (o te matan), pero no me salió o no llegué. Vos cuánto querés, me preguntó la colorada sin mirarme. No reaccioné y se enojó: vamos, amiga, que cangrejeamos. No entendí qué quiso decir pero supuse que me tenía que apurar, así que le dije que dos, que quería dos, me pareció un buen número para decir.

Al mismo tiempo que entendía lo que estaba pasando me di cuenta de que era tarde para arrepentirse. Son dos lucas, amiga, ¿tenés eso? Su sospecha era acertada: yo en el bolsillo solo tenía 500 pesos. Se los mostré y me dijo por esa guita te puedo dar esto, y me dio un paquetito. El hombre enorme que estaba detrás mío hizo un gesto galante al dejarme pasar. No quería que vieran dónde vivía, así que arranqué para el lado contrario, hice dos cuadras y volví por la otra calle. Me saqué la ropa, guardé el paquetito adentro de una enciclopedia que no sé por qué sigo mudando de casa en casa si hace años que no sirve para nada y me metí en la cama despacio, cuidando de no tocar los pies de Diego con los míos congelados para que no se despertara. No quería tener que explicarle que a veces salgo en la mitad de la noche a la calle, que a mí los barrios me gustan así. De la nada empezó a sonar el chiche de las llaves; mi mamá, buscando las suyas en su casa, había llamado a las mías por error. De quién es esta vida, me pregunté mirando al llavero, no pensaba tanto en mi mamá, o sí, pero no solo en eso. Diego ni se movió.

Al día siguiente pasé caminando rápido frente a la florería, como si me diera miedo leer el pizarrón, pero cuando torcí el ojo pude ver que no decía nada. Fantaseé con una nueva teoría, con un final con intriga para esa historia: «nunca más los viejitos escribieron en el pizarrón». Yo pensaba que escribían siempre pero es obvio que a veces se olvidaban sin ninguna razón en particular. Al día siguiente, de hecho, se volvieron a acordar: «¿Algo fácil de cuidar? ¿Se te muere todo? Tenemos suculentas».

Die dice que él me rescató de la persona que yo era antes de conocerlo, que me salvó del insomnio y de la noche, de las cosas que hice para recordarme que podía hacer cualquier cosa u olvidar cualquier cosa. Eso pensás vos, le contesto, pero creo que tiene razón. Me puse en la boca un dedo apenas cargado de lo que compré en la florería esa noche, pero no tenía gusto a nada ni me durmió la lengua. No me extrañaría, la verdad, que fuera revoque de pared.

LAS DEMÁS CHICAS

Josefina es la única divorciada de la promoción 2006 del Jesús María. Es del 89, como yo. Tiene las piernas larguísimas, el pelo larguísimo y jamás usa pantalones, igual que mis compañeras de la primaria, pero no por religión sino por elegancia. No sé si tiene papá. Si tiene nunca habla de él, y si se murió nunca habla de su muerte, y quizás por eso me empecé a interesar por ella. En los relatos eran su mamá y ella nada más, y sus primas, sí habla mucho de sus primas. Hablamos de sus primas, de la vida de su mamá en el campo, de libros, de gente. De catolicismo, también; ella me cuenta cosas y yo las voy comparando con mi pasado.

Hace poco se cruzó a la directora del colegio, la hermana Anita, en el 106, que la felicitó porque se enteró de que se había casado. Josefina le miró las patas de gallo y pensó que qué impresionante el material del que están hechos los ojos: el casi negro de los de la hermana Anita no se había opacado nada, brillaba como un chorro de acrílico recién salido del tubo y casi parecía antinatural al lado del resto de sus superficies, su piel y su pelo, las mechitas que se le veían por debajo de la toca. La hermana Anita le preguntó a Josefina por su mamá y por el campo, del que ya no queda casi nada, solo lo mínimo para que viva su mamá, por eso Josefina trabaja en la librería de mi barrio nuevo, la más linda de Villa Crespo, de ahí es que yo la conozco y ahí es que siempre charlamos. Pero a la hermana Anita Josefina prefirió decirle que muy bien, que próspero y tranquilo. Josefina preguntó por la hermana Patricia y por el coro de los sábados, que parece que desde hace unos años es el coro de los jueves. Cuando la hermana Anita le dijo que le tocaba bajarse, Josefina, que es alta, se inclinó para darle un beso, pero la hermana Anita no se dio cuenta. La agarró del codo y la muñeca haciendo como unos rebotes, sonriendo y dirigiendo su frente hacia la de Josefina, pero con la mirada imantada hacia el piso. Le dijo «chau» con el ceño fruncido mientras bajaba los escalones rápido y sin cuidarse, como hacen los chicos, los varones jóvenes. Parecía sorprendida de encontrar a Josefina arriba de un colectivo.

Josefina quedó parada en el medio del coche, sin poder agarrarse de ninguna baranda, pero había tanta gente que no era probable que se cayera. Miró hacia el fondo buscando un lugar más cómodo, esa esperanza magnética de la parte de atrás del colectivo, y se encontró con una mirada que parecía estar agarrada a su cuello desde hacía bastante tiempo. Un chico de su edad, de nuestra edad, con una remera vieja, los ojos celestes y un tatuaje de una planta carnívora en el cuello, un tatuaje agresivo sobre las venas duras pero a fin de cuentas el tatuaje de una flor. Justo cuando ella también le buscó los ojos las mareas de gente adentro del colectivo se reordenaron: una mujer estaba tratando de subir empujando una silla de ruedas. Era vieja, al menos tanto como la hermana Anita, y en la silla estaba sentado un chico que también debía de tener nuestra edad pero parecía alternadamente un viejo y un bebito. Josefina vio que el chico del tatuaje se bajaba junto con otros hombres, quizás para subir la silla, o para irse; ella se quedó arriba, tratando de ayudar a la señora más moral que físicamente. Al fin lo lograron y el colectivo reactivó muy rápido una normalidad. Algunos que se habían parado se sentaron, otros se fueron para atrás o para adelante. Josefina se quedó atrapada en el medio.

Tenés el pelo tan largo, le dice la señora, y se lo toca con una impunidad que a Josefina no le molestó. Yo trabajo en una peluquería, ¿sabés?, sigue la señora. Un pelo como este para postizo solía pagarse 500, 600 pesos. ¿Y ahora? Ahora no estoy segura. Viene mucho pelo de china, lacio y virgen como el tuyo, pero muy barato, así que ya ni compramos. Me duele tanto la espalda, ¿sabés? De empujarlo a él, y de no poder sentarme yo. Josefina le ofrece sentarse, que ella se queda cuidando que no pase nada con la silla. La señora acepta y le sigue contando. Él es mi nieto. Mi hija no estaba bien, nada bien, y cuando él tenía dos años se nos quiso ir, pobre santa. Yo creo que ella sabía que esto iba a ser mucho, todavía no nos habían dado el diagnóstico de él pero ella ya sabía que iba a ser mucho. Parálisis cerebral, ¿sabés lo que es eso? Y yo me quejo, se rio la señora. ¿Viste esa gente que dice yo no me quejo? Yo sí, yo me quejo.

Josefina se rio también y en eso volvió a sentir otra vez la presencia del chico tatuado, que no se había ido, seguía ahí en la parte de atrás del colectivo a la que ella no había podido llegar. Algo de la compañía de la vieja la envalentonó y decidió mirarlo a sus anchas, sin disimulo, a propósito, para que él no pudiera dudar de que ella también estaba ahí. Solo soltó la mirada un minuto después, cuando se dio cuenta de que se había pasado de parada, no por mucho, pero alcanzó para que le diera vergüenza y se pusiera torpe, colorada. Se acordó del coro de los sábados, de cuando se equivocaba en una parte y la hermana Anita le decía que no frunciera el ceño en el concierto porque si no era por eso nadie se iba a dar cuenta del error, que era ella la que se estaba acusando sola. El chico del tatuaje se bajó, silencioso, detrás de ella.

Caminaron uno al lado del otro sin mirarse por dos cuadras hasta que él frenó y le tomó la muñeca. Entonces sí se sonrieron, se preguntaron los nombres y adónde iban. Ella estaba volviéndose a su casa del trabajo. Andrés, así se llamaba, estaba yendo a la casa de unos amigos, pero no era necesario, eso dijo: iba a tomar una cerveza a lo de unos amigos, pero no es necesario. Podemos ir al cine, ¿no?, dijo él, y se fueron para el Lorca, que era el que estaba más cerca. Sacaron entradas para una película española ignota que empezaba en media hora y miraron libros en Hernández antes de entrar. A Josefina le gusta a veces entrar y ver qué es lo que ponen otros libreros en la mesa de novedades, qué es lo que exhiben en las vidrieras, escuchar qué les recomiendan a los que van a comprar. Le contó entonces que trabajaba en una librería. Él trabajaba en una rectificadora de motores y estaba por terminar alguna ingeniería.

Se sentaron en el cine y casi inmediatamente empezaron los avances. Él los miraba como si alguien fuera a tomárselos en un examen después de la película. Ella lo miraba a él, le divertía su concentración, pero entonces escuchó esa voz: la voz de su exmarido. No es que fuera una sorpresa pero siempre la sobresaltaba. Sin saber por qué se lo quiso explicar: ese que habla en los avisos de Movistar es mi exmarido. Es locutor, un locutor famoso; cuando yo lo conocí le estaba empezando a ir bien y ahora graba avisos desde cualquier lado, vive donde quiere. Nosotros nos casamos en París. A mí me gusta tanto estar sola, por eso me gusta trabajar en la librería, donde no hay nadie más. Me acuerdo cuando volví a mi departamento en Buenos Aires y mi mamá lloraba y yo solo podía pensar en el placer, en la gloria de prender la tele y que nadie me pregunte nada. Ahora no sé dónde vive él. Callate que empieza, le dijo Andrés, pero se lo dijo con amor, dice Josefina, dijo «callate» pero hay gente que puede decir «callate» con amor. Eso me jura Josefina mientras trata de que funcione mi tarjeta de débito. Se ríe ella y yo también me río.

Hay que admirar, me dice Josefina, la falta de curiosidad de los hombres sobre el pasado de una.

CON TODO ESE PASADO

Diego escucha a mi mamá con los ojos muy abiertos y yo me estoy muriendo de risa. En realidad de la mitad para abajo los tiene muy abiertos y de la mitad para arriba muy tristes, el recorte es definido, inequívoco. Si tuviera que elegir una palabra para describir las dos mitades juntas tendría que decir que los tiene huecos. Abierto + triste = hueco. Mi mamá de repente decide bajar la voz, desdecirse un poco, como cuando le estás contando a un chico una historia que pensabas que era apta para todo público pero solo porque no se te ocurrieron las preguntas que al chico sí se le ocurrieron, y entonces vas un poco para atrás y corregís las partes de tu historia que se contestan con cosas que mejor no contestar.

Yo me sigo riendo y tengo un gesto como de superioridad cosmopolita, una risa de cóctel. Ninguna historia del barrio me puede horrorizar, o casi ninguna: alguien podría decir que es porque nunca espero nada bueno de nadie, pero en realidad es que no sé qué esperar de ninguna cosa del mundo. Eso lo descubrió mi hermana Debi, que es física, hace años. Ella siempre estaba mostrándome videos de animales que no deberían volar y volaban, o contándome de líquidos que se rompían y simulacros de agujeros negros que amenazaban con tragarnos a todos, o con tragarse algo y que nadie supiera con exactitud qué era lo que se habían tragado, qué diferencia habían producido en el universo: podrían extinguir una especie de la faz de la Tierra, y dependería de nuestra perspicacia, de nuestros registros y de nuestro darnos cuenta. Y yo nunca me impresionaba, nunca me sorprendía. Eso es porque no tenés intuiciones básicas sobre cómo funciona nada, me decía, y entonces no te sorprende cuando las cosas son de otra manera que la que deberían ser.

La historia que nos cuenta mi mamá hoy mientras comemos es la de la mujer del rabino que tuvo un hijo con un empleado de seguridad del templo, o es más bien la historia del hijo. Aparentemente al chico, aunque lo criaron como hijo del rabino, siempre lo trataron como a un paria en la familia y por eso se terminó rebelando, pero mal, dice mi mamá, como aclarando que no se refiere a la vida que llevo yo, fumaba paco y salía con villeras. Entonces lo mandaron a Israel, como es la costumbre, nuestra costumbre. No sé si se manda a Israel todo lo que no funciona (las hijas que no se casan, los hijos que no tramitan los infiernos) porque ahí lo arreglan o para que se note menos, porque a la distancia se pueden inventar versiones mejores para los vecinos; debe ser algo de las dos cosas, la esperanza de lo primero y mientras tanto, lo segundo.

Pero en este caso salió mal básicamente todo: al chico, que tenía quince años, lo metieron a estudiar de pupilo en una ieshivá en la que un maestro abusó de él y de unos cuantos más. Se enteraron después del segundo intento de suicidio y lo trajeron de vuelta para acá. Ahora está aproximadamente entero y vive una vida híbrida, al menos en los términos de su familia. Va al templo y cumple shabat pero no usa sombrero, y lo están tratando de casar con una chica que es religiosa pero usa pantalones. Tiene muchas opciones porque es una familia importante, le explica mi mamá a Diego, que todavía está colgado de la risa plástica y sombría que le devolvimos cuando nos preguntó si la familia había hecho la denuncia del maestro violador. Lo miramos como si hubiese preguntado por qué no podemos fotocopiar la plata y hacernos todos millonarios, como se mira a un nene de tres años, no, con más maldad y sin ternura, como se mira a un adulto que hace preguntas de nene de tres años. Lo miramos como mi mamá me miraba a mí cuando yo era chica: ahora somos las dos grandes, y en general les hablamos a los hombres como si ellos fueran chiquitos, una venganza mal enfocada. Diego no siempre pone esta cara cuando le contamos nuestras historias pero hoy la mandíbula un poco le tiembla, y los ojos siguen huecos, esos ojos marrones, que de tanto mirarlos me puse a pensar si no serán parecidos a los del hijo del rabino a quien nunca vi en mi vida pero es cantado que los tiene marrones, es turco, tiene que ser un morocho de ojos marrones, como Diego. Es tan raro lo de los ojos en el Once, donde casi todos son turcos, oliva y oscuros: ser rubia y tener los ojos claros, aunque no fueran ni verdes ni azules, solamente miel como los míos, ya te ponía en un lugar de ventaja respecto de las otras chicas, pero una ventaja insoslayable, no relativa, una ventaja que podías pesar en una balanza. Le hago a Diego una caricia bruta en la cabeza. Con la otra mano levanto mi taza de café, para tomar pero ante todo para taparme la cara, porque de pronto no es que algo de esta historia me sorprenda pero sí me da muchísima vergüenza, no porque yo sea parte, si ya no soy parte y nunca fue mi culpa, pero porque no es gracioso, no es gracioso ser así de cínica y que nada te interpele, y la familiaridad no es excusa, y no hay nada pintoresco, y no hay nada rescatable, y no hay ninguna ternura, ningún judaísmo folklórico para venderles a los goim en forma de cuento costumbrista.

Mi mamá le pone una mano a Diego en la rodilla y trata de consolarlo. «Tal vez incluso logren casarlo con una chica de buena familia, ¿sabés? Aunque eso ya suena más difícil —le dice—, con todo ese pasado.»

INSENSATEZ E IMPRECISIÓN

En el viaje de ida nos sentamos las cuatro juntas en el centro: Marcela, Carolina, mi mamá y yo. En cada ventanilla había un desconocido: en la del lado de Carolina y Marcela una mujer rubia, en la nuestra un tipo panzón que dormía. Cuando llegó la comida la señora empezó a gritarle al hombre. Se dio cuenta de que él no la escuchaba y me gritó a mí, que estaba a un asiento del señor. «¿Lo llamás a mi marido?» «Pero duerme», le dije. «Despertalo», me contestó. La que estaba más cerca del señor era mi mamá, que no escucha bien y no había registrado nada, así que le pasé el mensaje a ella como en un teléfono descompuesto: «dice la señora que despiertes a su marido». Mi mamá le tocó el brazo despacito y el tipo se despertó sobresaltado. Mi mamá levantó los hombros y lo miró con cara de «y qué sé yo». «Llegó la comida —le gritó su mujer desde la otra punta—. ¿No querés comer?»

Estuve a punto de ofrecerles que cambiáramos de

asientos. Mi mamá podía darle el suyo a la señora y quedarían muy cerca, apenas separados por el pasillo. No lo hice porque mi mamá seguro quería quedarse sentada conmigo, como las nenas quieren sentarse al lado de sus mejores amigas o al menos no sentarse al lado de los varones. Mientras escribía esto me di cuenta de que no había ningún error, ninguna culpa de la aerolínea. Los señores debían de haber sacado los pasajes así a propósito, para quedar cada uno en una ventanilla. Les importaba más eso que sentarse juntos.

Del aeropuerto nos subimos a un remise que nos llevaría a la playa, en Reñaca. El chofer se llama Dagoberto y es uno de esos fans absolutos de su propio país. Nos cuenta que la policía de Chile es la mejor policía del mundo, o bueno no exactamente la mejor pero sí la segunda o la tercera mejor, un estudio reciente asegura eso. También nos dice que la pobreza en Chile es del seis por ciento y que ni se nos ocurra ofrecerle plata a la policía porque te llevan presa a vos. Después nos empieza a contar de la salud en Chile.

—Yo siempre pongo como ejemplo mi caso —nos dice—. Yo tuve una metástasis, has visto, entonces cuando tú tienes una metástasis y te vas a ver al hospital público, el hospital tiene treinta días para darte una respuesta, y si no te han dado una respuesta, te tienen que mandar a la clínica privada y ellos tienen diez días más para darte una respuesta, o sea que en cuarenta días te tienen que decir. Y además aquí en Chile se están probando unos tratamientos celulares, crioterapia se llama: les meten frío a las células del cáncer pero solo a esas, entonces hay mucho menos daño para el resto de los tejidos, es mucho mejor que la quimio. Yo igual hice todas las cosas: hice quimio y también hice frío. Y siempre digo que si no fuera por el sistema de salud de Chile, yo estaría muerto, porque tienen cuarenta días, cuarenta días nomás para darte una respuesta.

Mi mamá, Marcela y Carolina son médicas: se conocieron en la guardia de los martes del hospital de niños donde trabajan las tres. Están acostumbradas a escuchar relatos como el de Dagoberto y hacer las preguntas correctas sin dejarse conmover de más. Yo no sé qué decir pero de repente me siento más a gusto. Dagoberto no es un vigilante, un groupie de la policía porque sí. Habla de la policía para hablar de su cáncer, como yo hablo de Chile para hablar de mi mamá o como hablo de mi mamá para hablar de otra cosa que todavía no sé cuál es.

Diego no toma alcohol: le hace mal a la panza. Aprovecho este viaje con mi mamá y sus amigas para recuperar mi ebriedad crucero, la costumbre de tomar que perdí y que me devolvió una claridad que la verdad tampoco sé para qué sirve, como la historia de Chile y mi mamá. En el bar de la playa no tienen el trago que quiero, elijo cualquier otro sin prestar mucha atención. Entiendo que tiene vodka nomás, que mucho no me gusta, pero peor es decidir.

Cuando llegan los tragos algo en la cara del mozo o en su pelo les recuerda a todas otra cosa, una historia que comparten.

—Fue como un capítulo de Dr. House, ¿no? —Es mi mamá la que habla.

—Con Caro estábamos caminando por las paredes por una nena que tenía el cuello y la nuca llenos de ganglios, ya no sabíamos qué estudiarle, le habíamos pedido de todo. Y entonces charlábamos de eso, pasamos por al lado del tomógrafo y la radióloga estaba toda asqueada porque solo de acostarse la nena le había dejado seis piojos ahí apoyados, entendés, solo de apoyar la cabeza. Y ahí nos iluminamos las dos y entendimos que eran de eso, los ganglios que tenía en la cabeza. Picaduras, nada de ganglios.

Somos un grupo improbable, cuatro mujeres de edades muy distintas. Mi mamá tiene cincuenta y dos, Marcela tiene cincuenta y cinco, Caro treinta y siete y yo diez menos que ella. Podemos viajar juntas porque estamos las cuatro en ese estado de pausa que da no estar casada ni reproduciéndose. Yo vivo con mi novio pero él se fue de gira con una obra de teatro. Marcela y mi mamá tienen pareja. Para la gente de cierta generación «pareja» es menos que marido, me doy cuenta. Marcela habla de su exmarido y su actual pareja. Otro taxista que nos llevó de Reñaca a Viña del Mar nos dijo que en las reuniones con sus amigos de la primaria algunos van con las esposas y otros con la nueva pareja. Supongo que en la segunda vuelta ninguno se volvió a casar.

Carolina es soltera y le pesa mucho. Su nueva terapeuta, que hace cosas holísticas y cartas astrales, le dijo que a ella el ayudar se le había dado muy naturalmente pero lo que le costaba era la pareja. A Carolina le pareció un diagnóstico genial.

Antes del taxi a Viña vino otra historia que me hizo pensar en eso de marido y pareja. Sentadas en la playa, en Reñaca, mi mamá y sus amigas charlaban de no sé bien qué. Algo sobre mis hermanas, sobre Boston, sobre Nueva York, las ciudades que ahora son las ciudades de ellas y que mi mamá visita seguido. Sí, ya sé: hablaban de un chico que mi hermana menor conoció en Tinder en Nueva York, y así terminaron hablando de chongos. Mi mamá les contó un cuento que ya es parte de nuestra mitología familiar. Durante el juicio larguísimo de sucesión de mi viejo que tuvimos que pelear contra su madre, mi abuela Blanquita, hubo un momento en que nuestra abogada tenía los movimientos de las cuentas bancarias de Blanquita. En determinado punto empezó a aparecer algo que parecía un testaferro, un muchacho joven desconocido al que Blanquita le giraba plata y le compraba cosas caras. Pero después resultó que no, pobre Blanquita. Era un pibito que tenía, un boytoy. Le había regalado una moto, un auto, unas vacaciones, diez mil dólares. Pero tampoco era ese el asunto. El asunto es que cuando mi mamá se refirió a ella contándoles esta historia a sus amigas dijo «la madre de mi marido». Podría haber dicho «mi exsuegra», o «la madre del papá de Tami», pero lo dijo así. Mi mamá tiene un novio, pero Javier todavía es su marido.

Cuando éramos chicas, mi hermana menor se quejaba de que a Debi y a mí la gente nos consideraba inteligentes y buenas alumnas y a ella la tenían como la hermana mediocre, aunque todas sacábamos las mismas notas. La gente eran nuestros tíos, o ni siquiera: la gente era mi mamá y lo que ella les decía a nuestros tíos, que asentían con la cabeza y no consideraban nada. Como hacíamos con todo lo que no nos terminaba de cerrar, lo convertimos en un chiste. Cuando yo me llevé francés y matemática en segundo año del secundario, me decían que la hermana mediocre era yo. Empezando la carrera Debi se sacó un 2 en un final, en una optativa de matemática. Cuando dejó de llorar se autoproclamó la nueva hermana mediocre. Era gracioso porque ella siempre fue la que más lejos estuvo de eso. Ahora que soy la única Tenenbaum que no estudia en Estados Unidos supongo que la hermana mediocre pasé a ser yo.

En algún sentido que nunca voy a conversar con nadie es sorprendente que sea yo la que se quedó, y más aún, la que se quiso quedar. O quizás no, quizás es lo más razonable. De entre las tres soy la que más se peleó con todo lo que era nuestra familia y con lo que quedaba de mi papá. No voy al templo ni en Kippur. Cuando cumple años un tío o un primo casi que ya no me invitan, sabiendo que no voy a ir. Crece la mitología sobre mí: es como si todos me tuvieran miedo. Cuando mi tío de Canadá viene a Buenos Aires toca el timbre sin avisar en todas las casas, menos en la mía. No me meto con ese miedo, no lo cuestiono, porque me sirve, y porque tal vez sea un miedo fundado. No sé qué puede pasar si me tocan el timbre sin avisar. Nunca fui a un acto de AMIA desde que no me obligan a ir con el colegio. De esto último no estoy orgullosa. De lo demás un poquito sí.

Mis abuelos tienen una carpeta de recortes con las cosas que escribo en diarios y revistas. No voy a verlos casi nunca. Me da culpa, muchísima, pero no sé qué hacer cuando voy. Es el tipo de cosa de la que se encargaban mis hermanas, de los viejos y las relaciones en las que no se sabe qué decir. Lo que más culpa me da es que me la paso escribiendo sobre ellos, sobre sus casas y sus cosas. Lo de la carpeta de recortes también me da un poco de culpa, pero más me da risa: cuando me fui a vivir al departamento que había sido de ellos sobre Corrientes les tiré infinitas carpetas por el estilo que habían dejado al mudarse. Les dije que las había guardado en la baulera pero en la baulera solo alcancé a poner la mitad de los papeles que encontré. ¿Llegaré a tirar esta carpeta también? ¿O lo harán mis hijas?

La semana antes de que nos fuéramos de viaje mi abuela se perdió. Fue con mi abuelo al banco y se sentaron muy lejos el uno del otro. Cuando los llamaron por el número, mi abuela ya no estaba. Mi mamá fue al banco y le mostraron la filmación de seguridad. Ahí pudo ver el momento exacto en que mi abuela, como si la hubiera invocado su nave nodriza, se levantaba y se iba. Mientras mi mamá hablaba con la policía, Ezequiel llamó a la casa de mi abuela. Atendió ella, alegre y servicial como siempre, como sigue siendo hasta ahora que casi no puede ni pararse a buscar el mate y las galletitas. Se había ido caminando derecho por Díaz Vélez y había llegado a su casa. «No quise preguntarle mucho para no confundirla —me dijo mi mamá—; la parte de que llegó hasta su casa estuvo bien, no quiero que en el recuerdo le quede como mala. Nomás le dije que nunca más se fuera sin saludar a Marina, la oficial del banco que le maneja la cuenta, que Marina se había quedado muy triste.»

Creo que es razonable que yo no me haya querido ir del país, que en cambio haya tenido tanta urgencia por irme de la casa de mi mamá y, ni bien estuvo la plata, por comprar Aráoz. Marcar un pedazo de tierra de esta ciudad y decir es mío, esta ciudad también es mía, no me voy a ir a ninguna otra. Comprar un departamento como una forma de que te den plata y nunca más te la tengan que dar, una forma que está a mi nombre y que va a seguir estando a mi nombre aunque me pelee con todo el mundo. Pero lo estoy pintando como algo heroico y es todo lo contrario. Es más bien una torpeza que arruina el dramatismo, como cuando das un portazo y terminás volviendo a casa porque te olvidaste las llaves.

—Tengo que ver qué hago —me dice mi mamá, así de la nada. Estamos tiradas en la arena. Sus amigas se fueron al agua.

Ezequiel, su novio, no quiere regalar la ropa de su mamá que se murió hace ya cinco años, a los noventa. No solo regalar, ni siquiera la quiere mover. Mi mamá ya no tiene lugar para sus cosas ahí. Igual mi mamá todavía tiene su casa, aunque ya casi no la use.

—Cualquier cosa me vuelvo a vivir a Tucumán, total —sigue, en el mismo tono de intrascendencia—. Eso sí, después de mayo va a tener que ser. Le presté el departamento a una pareja de amigos de Ezequiel que vienen a ver casarse a un sobrino.

Ahí me doy cuenta de que salvo por Aráoz, mi departamento nuevo, todas las casas en las que recuerdo haber vivido tienen nombres de provincias, como si tuviéramos tierras en el interior. Por supuesto, eso es imposible: con un amigo que también es judío fuimos a ver al cine *Mi primera boda*, una película en la que Natalia Oreiro se casa, en una boda mixta e inverosímil, con Daniel Hendler. Cuando salimos los dos concordamos: muy divertido todo salvo esa parte en la que Hendler se sube a un caballo sin silla con aires de príncipe valiente y sale al galope. Los judíos no tenemos tierras. Los judíos no sabemos montar.

En las novelas de Jane Austen que me gustaban de chica, la gente enferma se iba a Bath a curarse con el agua. Quizás me tendría que meter al mar, pero me arde tanto la sal en el cavado, en las piernas, en todo lo que me acabo de afeitar.

Para no cargar peso me traje solamente el kindle a la playa. Lo único que tengo cargado que todavía no leí es *El Reino*, de Carrère, así que estoy con eso. Pensé que no me iba a gustar pero me siento muy identificada. Yo también dejé el cinismo y también me sentí superior a mis amigos por eso, como todos los conversos, como los que dejan la cocaína. Yo también me di cuenta después de que no había dejado nada. Como a Carrère, la caridad me cuesta. Yo pensaba que no, pero es porque no me cuesta con mis semejantes: el desafío es claramente con los diferentes. Yo no pido ni siquiera el don de la caridad. Me alcanza con que alguien me ayude con la ira. La ira que me produce que las amigas de mi mamá coman cualquier cosa en cualquier lado (el tipo de gente que entra a un restaurante de puerto con corvinas monstruosas en exhibición y se pide unos ravioles con tuco porque es lo que quería comer, o peor, porque el pescado no le gusta), vean a todo volumen sus videos de Instagram y pongan la tele de fondo porque sí, y tomen sol. Sobre esto último hasta me encontré moralizando: cuando Marcela se quedó una noche en el hotel sola porque le dolía mucho la cabeza pensé y bueno, ella se la buscó, quién la manda a freírse como una iguana.

Mi mamá vuelve del agua y me señala a un nene de dos o tres años que hace rato me está mirando embobado. No entiende qué estoy haciendo, le digo. Después directamente se acerca y se sienta al lado mío. Ya no me mira, solo me acompaña. La madre lo trata de levantar pero el nene se enoja. Le hago un gesto para que me lo deje y ella se va.

Caro está tratando de agarrar el wifi del parador para comunicarse con un amigo de un amigo. Quiere que vayamos a comer con él y no entiendo por qué; ni ella lo conoce. Es una lógica común de la gente de viaje, visitar conocidos de conocidos, *to pay a visit*, como en las novelas de Jane Austen: una cortesía y un deber. Mi mamá y Marcela tienen fiaca como yo pero no lo dicen: les parece razonable que Caro quiera conocer a un hombre.

Diego me escribe desde su gira en Europa que está solo. De Madrid se fueron a Roma, pero sus amigos se quedaron y él quiso ir a conocer Barcelona. Lo contacto con una amiga mía que está ahí, para que lo lleve a comer. Me cuenta que no sabe si ir a Bilbao a visitar a Mabel, una amiga de su papá, porque son muchas horas de viaje. Lo de Diego, como lo de Caro, tampoco es de cortesía. Él no me lo dice, pero creo que quiere hablar largo y tendido con alguien que recuerde a su papá como era antes, despierto y chanta. Por eso se reconectó con una tía también hace poco. Yo no conocí a su papá lúcido y sé que eso nos separa un poco. Le digo que vaya porque sé que él quiere ir aunque el plan sea un chino por todos lados.

El nene chiquitito se levanta. Camina con esfuerzo y se va a sentar con Marcela, que está a unos metros. Entonces entiendo que no tiene algo conmigo ni con mi hábito de lectura: le da lo mismo. Le gusta todo lo que no es su familia, lo que es ajeno. Lo entiendo porque yo soy igual. Acá estoy leyendo a un tipo que encontró a Cristo y después lo volvió a perder y después lo volvió a encontrar.

Siempre digo que yo no perdí la fe porque nunca la tuve. Intuyo que mi mamá tampoco, aunque fue religiosa mucho tiempo, pero ella es una persona práctica. Creyó en Dios mientras fue lo más útil para vivir en el mundo y dejó de hacerlo con la misma facilidad cuando se volvió un inconveniente. Pero yo no soy práctica, es evidente: rodeada de estas tres mujeres que salvan vidas, cuidan casas y pagan sus impuestos sería una estupidez no verlo. Creo que yo tengo con la escritura la misma relación que tienen con Dios los ateos que se están por morir y empiezan a rezar: sabemos que no sirve para nada pero lo hacemos, por si acaso terminara sirviendo para algo. Cantado que mi madre va a ser de esas. Si no te cuesta nada, Tami,

me diría. Supongo que yo terminaré rezando por ella.
Por mí misma espero que no.

Ruti tenía veinticuatro años cuando me tuvo a mí. Yo
estoy por cumplir veintiocho. En dos años voy a tener
exactamente los que ella tenía cuando enviudó. Y los
mismos que tenía mi papá cuando se murió. En estos
casi veintiocho años de vida ya estuve con el cuádru-
ple de tipos con los que estuvo mi mamá en toda su
vida, quizás un poco más incluso. Tardé casi el doble
de lo que ella tardó en recibirse. El departamento que
me compré sale cinco veces lo que salió el que se com-
pró ella, pero eso no es culpa mía.

Del día en que nací yo hay fotos. Javier, mi papá,
parece un nene, porque era un nene. Mi mamá está
cansada y sonriente. Mi abuela todavía no se había
operado la nariz y parecía Barbra Streisand o la hermana mayor de la película *El violinista en el tejado*. Están
mis abuelos paternos, también. El papá de Javier, mi
abuelo Marcos, que se murió unos meses antes que él,
y su mamá, Blanquita, a quien no veo hace cerca de
veinte años. Están todos mis tíos, y mi única prima
mayor, Sheila. Sheila sale hermosa, cachetona y contenta. No hay celos en sus ojos, algo de desamparo sí, como
el que se siente ante las jaulas de los animales salvajes.

Estamos otra vez en la playa, en la playa del último día. Mañana volvemos para Santiago para la última fase del viaje, dos días de shopping.

Mi mamá habló por teléfono con Ezequiel. Como al pasar, él le contó que movió la ropa de su madre a cuatro valijas que tenía en el placard. Mientras me libere el espacio para mí es lo mismo, dice Ruti. Con mis hermanas también habló. Debi y su novio están de viaje por el fin de semana, se fueron a esquiar con unos amigos o con unos potenciales empleadores, o empleadores presentes, algo así. Mijal se golpeó el pie y se le cayó la uña del dedo chiquito. Mi mamá quiere que firmen unos poderes por si se le da por vender Tucumán y ellas no están en el país.

El primer día en Santiago, antes de ir para el shopping, pasamos por el Mercado Central. Entramos al Museo de Arte Precolombino y después a la catedral. Es domingo, hay misa. Por suerte llegamos cerca del final. Cuando se termina, Caro se da cuenta de que están poniendo cruces de ceniza porque ya empezó la Cuaresma. Hagamos la cola, le dice a Marcela, ya que estamos. Queman los olivos del año pasado y con eso te hacen la cruz, para que empieces de cero. Mi mamá y yo nos quedamos a un costado, mirando para abajo. Después la acompañamos a Carolina a lavarse la cara. Marcela tiene flequillo, así que se deja la cruz.

De ahí sí ya vamos a hacer compras, pero primero almorzamos en las cercanías del shopping. Las chicas hablan de gente muerta: lo hacen seguido. No es su culpa: viene a cuento de muchas historias de ellas. Marcela cuenta que conoció en la guardia del Ramos Mejía al Brian, un adolescente boliviano que se hizo célebre porque mató a un pibe y disparó un debate sobre inmigrantes, menores y delito. Cuando yo lo conocí tenía diez años, dice Marcela. Vendía cocaína en el servicio de pediatría al resto de los nenes. Carolina habla con mi mamá de una endoscopista que ya se jubiló. «Yo vi cómo le destrozó la tráquea a un paciente, le dice, era R3 yo en esa época. Con todos mis compañeros de residencia nos acordamos. Vimos cómo lo mató en la mesa. Nos fuimos todos sin hablar, sin decir nada.» Carolina dice que el bebé se había tragado una cruz, pero mi vieja le dice que está novelando. Que era un caramelo duro lo que tenía el pibe.

Carolina busca dos vestidos para el casamiento de su prima: uno para la fiesta y otro para el civil. Soy su mejor aliada. En el gusto de las otras dos mucho no confía.

Además, yo camino el Costanera Center como si fuera el Abasto. Me lo acuerdo muy bien porque vine hace poco: estuvimos con Diego tres días, por unas funciones de una obra en la que actuaba él en el festival Santiago Off. Muchos elencos argentinos vinieron a otro festival más grande que había en simultáneo, el Santiago a Mil. Yo pensaba escribir una crónica para un diario sobre ese viaje pero al final no pasó nada demasiado interesante. El único chiste que tenía guardado para el texto era que cada vez que nos encontrábamos con algún argentino nos decía «ah, claro, vienen al Santiago a Mil» y nosotros le contestábamos «no, al Santiago Off», en un tono como si estuviéramos diciendo «no, a las Olimpíadas Especiales».

El día que fuimos al shopping me atrasé en la cola del probador de H&M y lo perdí a Diego un rato largo. Mientras lo buscaba avisté a tres actores que conozco. Los conozco por Diego y porque el año pasado me tocó ver una performance de ellos y escribir algo sobre eso. Esperé a ver si me habían visto y cuando supe que no me fui para el otro lado, como hacía hace años cuando me encontraba por el barrio a mis compañeras de primaria, yo en jean y musculosa y ellas en pollera larga y twinset manga tres cuartos. Todo lo que una mira muy de cerca se convierte en un hogar, y los hogares son un espanto.

Estoy en el probador con un jean que me queda chico, tan chico que me da fiaca sacármelo y estoy esperando, esperando a nada, a aburrirme de esperar con el pantalón trabado en la mitad de los muslos. Caro me grita desde afuera: me tapo un poco y salgo a ver el vestido que encontró. Es plateado, de una especie de seda plisada, con los hombros al descubierto y un volado a la altura del escote. Corte a la cintura, largo media pierna. Es una belleza, una belleza en serio. Yo no podría usar ese largo pero ella mide una cabeza más que yo.

—Dudo un poco porque yo tenía en mente otra cosa —me dice, acomodándose el pelo para arriba, como para fingir un recogido—. Algo de gasa de color, como más etéreo, más clásico, ¿viste? Pero me encanta. ¿Qué decís?

—Es hermoso, Caro. ¿Sabés qué es lo más lindo? Que no se parece a nada.

Se nos acaba el viaje. Le escribo a Gigi, que está cuidando a nuestro gato mientras no estamos, y a Diego para saber si él llega a Buenos Aires antes o después que yo. Vuelvo a una casa con un hombre, y las casas en las que hay un hombre son distintas de las casas donde no los hay. No son mejores (en mis días malos diría que son peores), pero son distintas. Quizás es el único tema sobre el que yo puedo escribir, esa diferencia.

Estamos en el hall del hotel esperando el transfer que nos lleva al aeropuerto; está llegando veinte minutos tarde. Marcela llama a la empresa y no contestan. Mi mamá ya está en pánico de que vamos a perder el avión, así que pide que nos llamen un taxi del hotel. Yo me aburro. Me había olvidado que en el libro de Carrère siempre abandono en la misma parte, cuando termina con el relato de su propia conversión y empieza con su versión de los evangelios.

Finalmente llega el transfer antes que el taxi del hotel. Las chicas están de pésimo humor. Nuestro conductor, en cambio, es pura alegría y carnaval.

—¿La pasaron bien? Si quieren hacer un reclamo a la agencia, me llamo Fernando —dice el tipo, y muestra una dentadura reluciente y nueva.

—A pesar de ti, Fernando —Marcela lo trató de tú, aunque no sé si él nos había tuteado antes a nosotras—, la hemos pasado muy bien.

EL SUEÑO

Todos mis compañeros de la primaria y yo éramos hijos de la misma mujer. Los trece; ya no veo a ninguno. Yo no me enteraba por alguien en particular sino por rumores del Once, donde ya no vivo, pero me llegaban los rumores no como algo secreto o dudoso sino como algo que todo el mundo en el barrio siempre había sabido pero de lo que no se hablaba, como por una cosa de buena educación. Yo lo escuchaba fuerte y claro en Batías, un almacén que vende quesos y conservas, de la boca de una señora que lo charlaba con el dueño. La señora tenía sus compras en un canasto de mimbre y un pañuelo en la cabeza, un pañuelo distinto de los que usan las señoras que en el barrio llevan la cabeza cubierta: uno como el que tiene puesto la bruja de Blancanieves cuando la va a visitar vestida de vieja. En el sueño yo tenía la certeza de que la señora era viuda, y me preguntaba si era obligatorio para las viudas taparse el pelo, si estrictamente es una obligación que aplica a las mujeres casadas; es decir, si las viudas son mujeres casadas. Y en el sueño me distraía tanto con este tema que casi me olvidaba de la conversación de la señora, de que me estaba señalando y hablando de lo parecida que era yo a todos mis hermanitos, y empezaba a nombrar a mis compañeros de primaria. Entonces yo iba para la casa de mi mamá, mi mamá la de siempre, y le preguntaba a ella por esas historias, pero ella no quería decirme mucho, solo me admitía que era cierto, sin ceremonia, casi un poco sorprendida de que no lo supiera. Junto con Magalí y Joni, dos de mis compañeros, lográbamos localizar a un hombre que había sido el marido de nuestra mamá.

El hombre era viejo y arrugado, parecido a mi abuelo, y usaba sombrero como hacía él antes. Se parecía en el sombrero y en el mal humor, y algo en la maldad en general, una bronca con gente que no solo no te hizo nada sino que tendría argumentos o relaciones como para esperar algo amoroso de vos. El viejo no quería hablarnos: para el momento en que estábamos conversando ya nos habíamos juntado todos, los trece que éramos, con él alrededor de una mesa grande y cuadrada. Tuve que convencerlo de que nos dijera algo, convencerlo con argumentos. No quería contarnos, decía que no tenía por qué hablar con nosotros, y yo le explicaba que sí, que si fuéramos hijos de desaparecidos le parecería legal y razonable que quisiéramos conocer nuestra identidad, y el viejo me decía que esto era distinto pero finalmente me aceptaba que era igual, y nos contaba.

Nuestra mamá se había enfermado grave muy joven, cuando nosotros éramos muy chiquitos, y se había muerto a los pocos meses del diagnóstico. Y él no tenía energías ni ganas de cuidarnos a todos, entonces el rabino le dijo que quizás lo mejor era entregarnos a distintas familias de la comunidad, que además les venía bien porque podían adoptar bebés con la seguridad absoluta de que eran bebés judíos, de vientre judío. En el centro de la mesa había paneras iguales a las que había en mi colegio primario, paneras de plástico rojas, amarillas y verdes, con el mismo pan viejo del colegio. Y entonces llegó la sopa (no me acuerdo si alguien la trajo en el sueño, solo que llegó), una sopa de verduras naranja y demasiado dulce, y el viejo nos dijo que nos fuéramos, que ya estaba, ya no quería hablarnos más ni vernos nunca más en la vida. Nos fuimos y quedó servida la sopa, los catorce vasitos descartables con el humo sobrevolando.

Aparecí en la casa de Joni junto con Gad, otro de mis compañeros. La mamá de Joni (la adoptiva) nos hacía café con leche. Nosotros tres estábamos sentados alrededor de la mesa sin ofrecer nada, como si fuéramos chicos. Comíamos galletitas mientras la mamá de Joni nos servía el café con leche. Gad y Joni charlaban de cualquier cosa, creo que charlaban de fútbol, de River, hasta que en un momento me enojé y les dije que teníamos que hablar de lo que acababa de pasar. Lo dije tan fuerte que la mamá de Joni se asustó y se fue tratando de no hacer ruido, nos dejó solos en la cocina. Al mirarla salir en silencio me di cuenta, o me doy cuenta ahora recordando, de que aunque en el sueño nosotros éramos adultos ella era muy joven, todas las madres que aparecen en el sueño son muy jóvenes, como cuando nosotros éramos chicos, o sea que en el sueño medio que tenemos todos la misma edad, nuestras madres y nosotros. La mamá de Joni era rubia y tenía puesta una pollera color ladrillo que le llegaba hasta la mitad de la pierna.

Cuando nos quedamos solos yo me puse a llorar, y les pregunté a los chicos si no estaban tristes, angustiados, si esto que acabábamos de saber no les producía nada. Estaban un poco incómodos, pero más que nada por mi llanto. No me consolaban, no hacían ningún ademán de tocarme, solo me miraban con un poco de lástima. Se quedaron un rato callados. No parecía que estuvieran disimulando sino que realmente no les importaba tanto, como a mi mamá, como a casi todo el resto de la gente. La sensación era que solo me molestaba a mí. Entonces habló Gad, despacito, sobre el silencio que en realidad no era silencio porque yo seguía llorando con ruido: «Si somos judíos, si tenemos esa certeza, que la tenemos, la verdad es que es medio lo mismo de quién seamos hijos, ¿no te parece?».

Me fui de la casa de Joni. Bajé por el ascensor de ese edificio que debía ser de los años setenta, como casi todos los edificios en los que vivíamos nosotros, no tan viejos como para ser antiguos, con los techos bajos y rejas enteras en los balcones, rejas que nuestros padres habían puesto en los noventa para no tirarnos a nosotros por error. Caminé por la calle San Luis hasta la pizzería kosher a la que íbamos en la primaria, la pizzería en la que vimos derrumbarse las torres gemelas mientras almorzábamos todos juntos porque era 11 de septiembre y no había clases y era nuestro último día del maestro antes de que la secundaria nos separara. Me senté en la pizzería y me compré un café. Los mozos de la pizzería de San Luis no cambian nunca, son siempre los mismos tres o cuatro señores malhumorados, antiniños y antisemitas. Mientras tomaba el café me acordé de que todo el mundo dice que yo soy muy parecida a mi mamá, y

que siempre pensé que era mentira, y finalmente yo
tenía razón.

Ya en mi casa, no sé si el mismo día, o unos días después, en el sueño sale todo seguido, tomaba mate con
una chica de mi ambiente, de mi ambiente actual, no
el judío, una chica que no conozco muy bien pero que
me parece muy agradable, que no sé por qué estaba
en mi casa. Estábamos tomando mate y charlando y
yo le había contado la historia nueva de mi mamá y
mis hermanitos compañeros de la primaria. Entonces
ella se puso muy seria y muy incómoda, como si tuviera que decirme algo y no se animara, se mordía las
pielcitas de los labios con mucha fuerza. Finalmente
me preguntó si yo estaba segura de que no era hija de
desaparecidos. «¿Pero vos sos tarada? —le dije—, yo
nací en el 89.» Y ella me contestó, con un tono de
nena, retrucando: «¿Pero y si no naciste en el 89? ¿Y
si tenés cuarenta años?». La chica se fue y yo me quedé sola en el baño. Me miré al espejo, me toqué la
cara, me observé los costados de los ojos, las manos,
el cuello.

Las viudas y las divorciadas no tienen la obligación de
cubrirse la cabeza. Es una costumbre que lo hagan

pero hay muchas excepciones reconocidas. Rabbi Moshe Feinstein, un sabio de principios del siglo XX, escribió que él le permitió a una viuda joven llevar el pelo descubierto porque su trabajo en una oficina lo requería.

DEBERÍAS APRENDER A MANEJAR

En las Cataratas del Iguazú declaré mi guerra contra los fenómenos naturales. Quizás tuvo más que ver con el modo en que mi familia elegía apreciarlos: nunca iba a bosques callados o a lagos desconocidos. A mi mamá le daba miedo. Si iba a un paisaje era a uno como las Cataratas del Iguazú, lleno de gente y con las condiciones de seguridad que a mi mamá le hacía imaginar esa cantidad de gente. Todos con las camperas puestas y apiñados, intentando captar un milagro natural, un milagro posible. Quizás tuvo que ver con mis prioridades: cuando hay tantas personas, yo solo puedo mirar a las personas.

Tenía diez años y medía un metro cuarenta. No recuerdo las imágenes pero sí las sensaciones, me quedaron cinceladas en el cerebro. Las cataratas rugían tan fuerte que era como si el sonido se me metiera directamente en el centro del pecho sin pasar por la piel ni por los huesos, directamente en un vacío en la zona del esternón que acababa de descubrir. Los demás chicos de mi edad no lo percibían, estaban demasiado encantados con el agua, pero los bebés sí, segurísimo, y por eso lloraban, ese ruido te araña cosas horribles adentro. Yo también me puse a llorar sin darme cuenta, por eso el novio de mi mamá me tocó el hombro y me preguntó, en hebreo, si estaba bien. No le contesté nada pero me llevó hacia un costadito y se paró conmigo un poco más lejos, sin decir nada, sonriendo con sus ojos azules y hermosos. Nos quedamos los dos ahí hasta que mis hermanas quisieron volver, en ese lugar de las cataratas que yo podía soportar. El sonido debía de ser el mismo que a diez metros pero sus manos recias y gigantes de varón y la tranquilidad de que si él estaba ahí no estaba en el lugar de los cobardes me hicieron sentir en paz. La vibración seguía sucediendo pero ya no era algo que me pudiera destruir.

El novio de ojos azules de mi mamá era un bombero israelí. Además de los ojos tenía una sonrisa blanca y limpia, tersa y brillante como la cáscara de una manzana. Había querido ser paracaidista, pero como tenía la columna torcida, igual que yo, no se lo habían permitido en el ejército. Viajé con él dos veces, ese año que manejó él solo hasta Misiones para llevarnos a conocer Iguazú y otra vez que fuimos a Israel con mi mamá y mis hermanas y nos quedamos las cuatro en su monoambiente congelado. Ahí vi por primera vez un microondas; en esa casa no había gas, solo un horno a leña, hornallas eléctricas y el microondas, donde mi mamá me recalentó unos fideos con manteca y queso después de que me quejara de que estaban fríos. El queso rallado se derritió y no los quise comer, hasta que el bombero israelí me dijo que él me los iba a limpiar, les iba a sacar el queso derretido para que estuvieran como antes y les pudiera poner queso nuevo. Le sacó dos pedacitos míseros y me comí los fideos con la voracidad de un animal doméstico que se olvidaron de alimentar dos días seguidos. Afuera del monoambiente del bombero caía nieve, pero esa vez tampoco me interpeló la naturaleza.

No recuerdo cuál de los dos viajes fue primero pero sí que después de alguno de los dos el bombero se volvió a Israel definitivamente y no lo vi más. Busqué algo de él en las espaldas anchas de los mochileros israelíes que llegaban al templo los sábados y preguntaban, después del rezo reglamentario, en qué familia podían parar mientras estuvieran en Buenos Aires. Varios se quedaron en el sillón de mi casa pero no les encontré nunca el brillo azul y blanco del bombero torcido, ni siquiera mirándolos dormir en silencio durante horas enteras, las mochilas apiladas en el living, su ropa sucia en el canasto, enredada con la mía y la de mis hermanas.

Esta noche él va a ir a un programa periodístico en horario central y a mí lo único que me importa es si me mencionará en el backstage, aunque sea de forma anónima, si contará que después se va a ver a una chica. Soy el tipo de persona que cuando decide finalmente romper todo tipo de buenas costumbres y meterse en la computadora del otro no busca «coger» ni «veámonos» ni «una mina»: yo busco siempre mi propio nombre. Me pasa a buscar y me dice que sí, que hablaron de mí. Me apoya una mano en la rodilla. El gesto es torpe pero conquistador, en el sentido de la conquista de América. No sé si es algo reciente o algo más antiguo pero ahora siento que no hay manera de subirse al asiento del acompañante de un auto sin que me tiemblen las rodillas hasta el final de las piernas.

En el restaurante apoyo la servilleta de tela sobre mi falda. Otra vez las piernas, me puse una pollera y las tengo desnudas. Quiero sentir la tierra en los pies pero tengo tacos: estoy lejos. Llega la panera y él pregunta si quiero una copa de vino o un trago para empezar; yo soy organizada y en mi familia jamás se pidieron dos bebidas en la misma comida. Le digo que miro la carta y pienso si pedir tragos o una botella, él insiste en que pueden pedir primero unas copas y «ver después». Me fascina ese derroche pero también me pone nerviosa, es una forma de descontrol que me hace ruido en las articulaciones. Tengo las manos escondidas por debajo de la silla en forma de garritas; digo que sí. Él sonríe. Toma un pedazo de pan pero recuerda que no está comiendo pan y lo deja. Le sigo preguntando por el programa de tele pero ya se aburrió de eso. Se aburre de todo muy rápido. Trato de entender el lugar al que me trajo. Las mujeres a mi alrededor están más bronceadas y son todas mucho más altas que yo. Por supuesto también son más grandes que yo. Todo el mundo es más grande que yo. Soy tan chica que mi edad ni siquiera es envidiable. Todos recuerdan que tener mi edad es un calvario. Vivís con tu mamá, tenés que estudiar, te pagan poco.

Cuando el mozo vuelve con las copas y pregunta qué van a comer le pregunto si hay una sugerencia de la casa. Como siempre el plato del día o la sugerencia de la casa, aunque se trate de algo que no me suene demasiado seductor: esa es mi forma de estar en el mundo. Una especie de «donde fueres, haz lo que vieres» llevado al extremo del delirio, pero es una manera de desear también. La primera vez que tomé cocaína fue con un baterista de jazz que me comí solamente porque había decidido que me lo iba a comer cuando lo vi sentarse detrás de los platillos. Donde pone el ojo pone la bala, dicen mis amigos de mí, y me encanta que lo digan, pero a veces es al revés, primero la pólvora y después los ojos, disparar primero, desear después. No conozco ninguna diferencia entre esas veces y las otras veces. Son eventos fisicoquímicamente idénticos. Él pide un bife con ensalada, siempre. Me parece tierno y atractivo, como todos los caprichos de los hombres.

Comen en silencio. Mi plato no es lo que esperaba, imaginaba un salteado y es algo así como una sopa de mariscos espesa y verde, pero me lo voy a terminar igual. Él me toca la mejilla y me hace una pregunta: es sobre la facultad. Le conté que tenía que rendir Filosofía de las Ciencias y eso le interesó, le gustan las ciencias. Me pregunta con un tono medio lascivo qué dicen sobre las ciencias sociales. Le sonrío. El programa no llega a las ciencias sociales. Hay una unidad muy cortita de eso pero no vamos a tener tiempo para discutirla, dijo el profesor. Me pregunta el nombre del profesor. Achina los ojos. No le suena.

Aprendo algo sobre el lugar donde me trajo: tiene valet parking. No vi eso más que en las películas. Mientras termino mi trago (pedimos las copas de vino y después tragos, se me revuelve el estómago por el despilfarro, mucho más que por la mezcla de alcoholes) él le pide las llaves de su auto a un pibe que, ese sí, parece tener mi misma edad. Me imagino qué horrible sería encontrarme con un compañero del secundario o de la facultad en esa situación; él sentiría vergüenza, seguro, pero trabajar nunca es vergüenza, no tener plata nunca es vergüenza, es solo horrible. La vergüenza justa sería la mía.

Es casi la una de la mañana cuando llegamos a su casa. Me desviste, me besa, me llama Tami. Lo que más me gusta es la libertad con la que me puedo mover por su casa. Te podés servir agua, incluso te podés hacer un café. A él no le molesta, no le importa. No piensa que mis movimientos en su casa sean algo definitorio de nada como suelen pensar mis compañeros de facultad, que ante el menor signo de comodidad se alteran. Tiene la cafetera de cápsulas que mi mamá se quiere comprar pero no sabe si el gasto se justifica. Tiene unas botellas de whisky de free shop sin abrir. Cuando vuelvo a la habitación él está acostado en la cama y prendió la tele en un canal de aire donde dos tipos de su edad debaten sobre impuestos. Es sábado a la noche. Quiero decirle de poner música y seguir tomando algo pero me da vergüenza. Me meto en la cama. Trato de seguir la discusión sobre el piso de ganancias y el cónyuge y las escalas. Es imposible. Estiro el brazo y alcanzo a sacar de mi cartera el celular. Allí, mis amigas discuten. Están a punto de salir para una fiesta pero se acaba de largar a llover.

Van a ir igual, solo están viendo la logística. Alguien tiene un auto. Pienso en vestirme y decirles que las veo en un rato. Estoy bastante segura de que a él no le molestaría, porque pienso que no le importa absolutamente nada de lo que haga. No es del todo verdad eso. En realidad probablemente le molestaría bastante que lo dejara ahí solo. Tendrían que pasarme a buscar mis amigas, no hay manera de que consiga un taxi con esta lluvia. El hermano mayor de mi primer novio era un turbio y sabía arrancar un auto sin la llave. Me imagino haciendo eso con el Toyota Corolla de él, que está estacionado abajo. Ir a la fiesta con el Toyota robado, dormir en el Toyota robado, devolver el Toyota al día siguiente. Si no fuera porque él los sábados se levanta temprano a tomar su café y leer su diario, quizás ni siquiera se daría cuenta. Debería aprender a manejar.

Cuando lo vuelvo a mirar se está por quedar dormido. Llueve a cántaros. Apago la tele y los relámpagos me crujen en el estómago. Él me acaricia la cabeza antes de darse vuelta. «Sos muy linda, Tami. Me gustaría llevarte al Caribe algún día.» ¿Al Caribe?, pienso, ¿para qué?

El marido de mi tía tiene dos hijas de un matrimonio anterior, Nora y Tamara, que tienen prácticamente la edad de mi mamá y de mi tía. Ellas descienden de gauchos judíos del Chaco, de los judíos que sí tenían tierras: debe de ser por eso, pero el hecho es que no se parecen en nada ni a mi mamá ni a mi tía. Usan zapatos de taco y perlas verdaderas, están siempre flacas y con el pelo de peluquería, sus hijos son al menos quince años más jóvenes que yo. Las dos son lindas pero hay una mucho más linda que la otra: lo que pasa es que no sé bien cuál es cuál. Durante muchos años pensé que la más linda era Tamara, ahora no estoy segura.

Una de las dos, tampoco sé cuál, es abogada y estudió con mi papá. Mi mamá me contó una vez, muerta de risa, que tuvieron una cita, mi papá y la hija que no sé cuál es. Una o dos citas, como mucho. La pasó a buscar en el Fiat rojo que todavía tenía cuando yo era chiquita, el primer auto que recuerdo y el último que tuvo mi familia: el único auto que, en algún sentido, alguna vez fue mío. Mi papá nunca vivió solo, así que si la llevó a algún lado tuvo que haber sido a lo de mi abuela paterna, mi abuela a la que no veo más, al departamento de Coronel Díaz. Volví al edificio una vez a dar una clase particular. Lo reconocí por la alfombra color verde inglés de los pasillos. Y por el encargado, que seguía siendo el mismo. Creo que mi mamá me dijo que fue con Tamara la cita, pero no estoy segura. Tal vez ella tampoco sabe bien cuál es cuál.

Andrea habla de su bombacha: la bicicleta, la transpiración, el short que tiene un tiro demasiado corto. Gigi se tira agua en la cabeza y se pone protector, en quince minutos volverá a hacer lo mismo. A mí me duelen los muslos y las rodillas. Nos dijeron que era lejos pero no estábamos para hacerle caso a nadie. Vamos a un mirador, pero podría ser a cualquier otro lado. Tal vez a mis amigas sí les importan los fenómenos naturales pero no puedo creer que a nadie le importe tanto una vista. Es una razón para moverse.

Andrea dice que nos dieron bicicletas de varón. No sé exactamente a qué se refiere pero debe de tener razón: son incomodísimas. Lo que me encanta es que sean duras. Apoyo el pie en el pedal depositando todo el peso de mi cuerpo y sintiendo el peso de la tierra que va en contra. La resistencia que se me ofrece me da sensación de conquista. Las chicas hablan y yo les hablo, todas mirando para adelante, las tres juntas avanzando por el camino como unos motoqueros. El suelo está seco pero el aire está mojado. El sol quema a través de unos nubarrones que hacemos como que no vemos.

No tenemos mapa, pero nos dijeron que mientras sigamos derecho y no tomemos ninguna bifurcación no nos podemos perder. Ninguna sabe cuánto falta. No nos encontramos con otras personas yendo al mirador, nadie toma nuestro camino. A medida que avanzamos la vegetación es más escasa, más espinosa y más amarilla, y eso me parece una señal, aunque no sé de qué.

En esta época las vacaciones son el único momento en que no vivo con mi mamá. La sensación es que a mis amigas no les importa tanto: ellas viven con sus mamás pero de una manera muy distinta de la que yo tengo de vivir con mi mamá. Estuve en sus casas: son familias en las que se respeta la privacidad, se toca la puerta, se pregunta antes de llevarse ropa ajena. Si alguien dice «no puedo, tengo otra cosa», nadie pregunta qué otra cosa tiene. Entonces yo miro hasta a los bichos con cariño. Los mosquitos, las lagunas, los baches del camino que ya me hicieron raspar tres veces: todo es pegajoso y violento y perfecto. Gigi mira alrededor pero no sabe qué busca. El sol se esconde. Andrea se baja de la bici, dice que el tema de la bombacha ya le molesta demasiado. Pienso que es una buena oportunidad para preguntar cuánto falta para el mirador, pero no hay a quién preguntarle, y el viento sopla cada vez más fuerte.

La tormenta se organiza muy rápido. Los árboles que se balanceaban de un lado a otro ahora insisten en una sola dirección al punto que casi no se mueven. Algunos ya están muy doblados hacia abajo. Las bicis están clavadas en el piso, tengo las rodillas negras de tanto arrastrar barro al pedalear, y apenas me estoy moviendo. Tiro la bici y me siento a un costado. Andrea me mira con cara de no entender, pero finalmente me imita. Gigi sigue en la mitad del camino pero ya no puede sostenerse en equilibrio sobre la bicicleta encallada. Baja las piernas antes de caerse y mira para abajo. Trato de hacer la cuenta, debemos estar a unos diez kilómetros de las cabañas. Empiezo a caminar despacio con la bici de costado y a llorar aprovechando la lluvia y lo gris. No hay plata que pueda resolverme la situación que tengo ahora, pienso. Podría tener un millón de dólares en una cuenta en una isla y aun así no serviría para nada. Las cosas que no se solucionan con plata me dan bronca y me fascinan.

Unas luces aparecen desde atrás. Vienen del lado del mirador, o de donde el mirador debería estar, no tengo ninguna prueba fehaciente de que exista. La ventanilla baja y mis amigas se miran entre ellas, y me miran, pero yo me niego a mirarlas. Yo me voy a subir. Eso hago: me subo, doy las gracias, y espero a que mis amigas se suban detrás, desconcertadas y muertas de miedo pero aliviadas también. Eran tres los habitantes originales de la camioneta, ahora están todos apiñados atrás, pero ellos no se quejan, así que mucho menos me voy a quejar yo. Preguntan los nombres y las procedencias. Tratan de ser simpáticos y de no dar miedo. Yo contesto en nombre de todas porque Gigi y Andrea no quieren hablar con extraños. Tienen acento cordobés y con eso me alcanza para tranquilizarme.

Volviendo del lugar al que nunca logramos llegar, el camino parece otro. Trato de mirar para afuera, pero me cuesta: siempre me dio un poco de miedo andar en auto, entregada a un criterio ajeno. Me cuesta sacar los ojos de la botamanga tensa del jean del conductor, de su zapatilla firme sobre el acelerador. Las copas de los árboles torcidos ahora son un techo, un túnel por el que la camioneta de los cordobeses se desliza con una suavidad lubricada y resbalosa.

ÍNDICE